U0454580

毛尖 著

你记不得了吗，你回忆一下

中国人民大学出版社

·北京·

自 序

那你一定喜欢小的那个

　　我从来没有写过真正的游记，不过潘耀明先生一直鼓励我说，文化观察也是一种游记。

　　经过多番挣扎，我想趁这个机会，检讨一下自己，虽然天南地北去了很多地方，为什么竟然没有写出一篇像样的游记。

　　想起最近一次在杭州，春天正盛，傍晚往苏堤走，白天意识不到的树叶香味迎风而来，再抬头看看，深浅不一的绿色纵横人间，就算对天地之美做足了准备，那一刹那还是被击成湖水。各色咏春诗句千军万马般掠过心头。小时候外公一边打牌一边教我们"好雨知时节，当春乃发生"，后来上小学，被老师赋予一个任务，天天在黑板上抄一首诗，我便天天在语文书上抄一首诗带去。冬天早晨抄到"池塘生春草"那句，妈妈过来说今天不用去上学，因为外公走了。再后来离家求学，辛苦跋涉青春期，平安年代的金戈铁马，虽然都是自找，却也春风挑染少年头，之后到香港，导师陈国球先生专治古代文学，也就奋力学了很多古典诗词和文论，再读到"锦江春色来天地，玉垒浮云变古今"时，终于多少能解释"春风无限恨"。西湖暮色里，遍是桃花水，被各款古典诗词加持着，自己也觉得有点江南产文人的调调。然后，当当当，饿了。

饥饿迅速挤走了孤山盈盈，最后在知味观里找到位置，西湖鱼虾上来，所有的木兰双桨梦中云，都被推开。鱼肉，只有鱼肉，才是最高级。雨果说，真理之上还有道德，对我而言，真理之上是生活。所以，走过很多地方的桥看过很多地方的云，我最喜欢的，还是当地的农贸市场，喷涌在蔬菜瓜果之间的激情，才是生活的真相。春风归去固然万般伤感，但是，还有什么是一碗白米饭安慰不了的？如此，开了一个头的游记决心，几乎都沦为口腹之欲。

因为这个原因吧，我一直不太喜欢美国，因为我在美国没吃好，所以，留在这本书里的美国，显得有点渣。我在哈佛大学做访问的一年，火气很大，下了整整六个月的雪，天天还得自己做一日三餐，WHOLE FOODS 里的蔬菜，虽然色彩斑斓，但是都和白米饭不搭，而所有不能配白米饭的菜，都是耍流氓。所以那时候多少有点偏激地坚持批评了一年美国，也让我不少美国朋友很生我的气。不过，后来他们到中国，我们一起走过烟火人间的香港和上海，他们自己也被文学性更强的这个世界吸引，像萨宾娜，现在就选择留在香港。

红尘滚滚，我其实从来没有用"游"的心态和这个世界发生关系。聂鲁达说，"我喜欢你是寂静的，仿佛你消失了一样"，我颠倒一下寂静的概念，我喜欢你是沸腾的，仿佛你消失了一样。在这个意义上，我喜欢上海喜欢香港，在熙熙攘攘的人群，在千万种人声里，我们彼此消失在对方那里。

我不知道这样是不是就解释了为什么我写不了游记，但我希望，亲爱的读者能看出，无论我怎样批评老欧洲或赞美旧香港，骨子里，我都拥有亨利·詹姆斯的一个非常暧昧又非常世俗的心态。《欧洲人》里，尤金妮亚问弟弟，舅舅家的两个女儿哪个好看，弟弟回说，大的更好看。尤金妮亚轻轻一笑，说，那你一定喜欢小的那个。

这个，是我喜欢生活的一个重大理由，也是我可以跟自己耍赖说，这本文化观察，就是一种游记的理由。

二〇一九年六月五日

目录

第一辑

香港制造

　　灰暗的城市，吓人的闪电，单亲妈妈麦太躺在产床上祈祷："保佑我的孩子像周润发像梁朝伟……"资质平平相貌平平的小猪麦兜就这样降生香港，当然，他没有成为发哥或伟仔，他成了最草根的香港人。幼儿园、小学、中学、工作、负债，生活中有的是唏嘘有的是打击和失望，但是凭着"死蠢死蠢"的执着、善良和乐观，麦兜粉嘟嘟迷糊糊兴冲冲地一天又一天地过着。

　　右眼长着可爱胎记的麦兜陪着香港人走过了最上上下下的十几年，九七回归、金融危机，一直到SARS，麦兜唱着"我个名叫麦兜兜，我阿妈叫麦太太，我最喜爱食麦甩咯，一起吃鸡一起在歌唱"赢得了贴心贴肺的亲和力。日本动画大师宫崎骏（Miyazaki Hayao）的《千与千寻》全球风靡，但是在香港的票房输给了《麦兜故事》。一个香港朋友告诉我，麦兜是他们至今生活在香港的一个理由，他们喜欢麦兜的名言，诸如"大难不死，必有锅粥"，诸如"臀结就是力量"，诸如"天有不测之风云，人有霎时之蛋挞"，这些最憨直的市民宣言只有香港人心领神会，就像"蛋挞"，它的历史基本可以追述出一个草根香港史。

去年年底回到香港，完成论文答辩后就约了朋友一起去旺角，上鱼蛋铺，排蛋挞队。其实我既不是鱼蛋迷，也不狂恋蛋挞，只是我知道回到上海，总会有人问我："去香港，食鱼蛋吃蛋挞了吗？"

如果我说没有，朋友会觉得我不懂香港，他们的目光会让我很羞愧。是真的，你可以说没去过太平山顶，没去过维多利亚港，不知道浅水湾酒店的下午茶味道如何，但是，如果你去了香港，却没上茶餐厅，没食鱼蛋，没吃蛋挞，你就太不 in（时尚）了。因为，鱼蛋、蛋挞和茶餐厅都已经入了流，是资产阶级隐秘魅力的一部分。

二十世纪九十年代初在上海，我们谈起香港的时候，说的是半岛酒店，是皇后大道，是永不落幕的香港灯火；但是，现在，上海也拥有骄人的外部硬件了，有了绝不输于香港的天际线，有了更昂贵的生活。这样，就轮到鱼蛋和蛋挞出场了。

鱼蛋和蛋挞是这样被想象的："小超人"下了班不回家，开车先去买蛋挞；周星驰拍了戏，要吃点鱼蛋提提神；还有那些开着宝马去旺角买小食的大小白领就更不用提了。因此，一时间，鱼蛋和蛋挞代替半岛成了香港生活的象征。而急就章风格的吃，比如在临街小铺，则全面改写了半岛式中规中矩的排场。至于它们象征的到底是什么，是往日心跳，还是现代情怀，倒是可以从香港电影中寻找线索。

《重庆森林》中，金城武、林青霞、梁朝伟、王菲，四个主人公，没看他们好好地吃过一顿饭，虽然"吃"事实上是电影中最重要的一个主题：几场爱情都是从"吃"开始，靠"吃"推动，终结或升华在吃上。比如下面的两个镜头。

镜头一（金城武问林青霞）：

"小姐，请问你中不中意食菠萝？"（粤语）

"小姐，请问你喜不喜欢吃菠萝？"（日语）

"Do you like pineapple?"（英语）

"小姐，请问你喜欢吃菠萝吗？"

镜头二（梁朝伟对王菲）：

"给我一份厨师沙拉，谢谢。"

"拿走还是在这儿吃。"

"拿走的。"

"你新来的？我没见过你啊。"

············

金城武就在电影里吃啊吃，有一次还一口气吃掉了三十罐菠萝罐头；梁朝伟也不断地在那个小店买厨师沙拉……菠萝罐头加上厨师沙拉，一个容易过期，一个容易制造，就跟香港生活一模一样。面对如此人世，香港人快餐快嘴快步快马加鞭地生活着，一切的相逢都匆匆都意味深长，都是时间轮盘赌上的一次机遇。譬如，金城武说他和林青霞的第一次相遇，"我们最接近的时候，我跟她之间的距离只有 0.01 公分"，而五十七个小时之后，他爱上了这个女人。再譬如，《阿飞正传》中，张国荣用阿飞般的无赖和执着对张曼玉说："一九六〇年四月十六号下午三点前的一分钟你跟我在一起，因为你我会记那一分钟，由现在开始我们就是一分钟的朋友。这是一个事实，你不容否认的，因为已经过去了。"

这个城市就这样一分钟一分钟地呼吸着，一公分一公分地丈量着，生活，爱情，一切都带上了稍纵即逝的质地，人和事短兵相接，电光火石地产生七情熄灭六欲。《花样年华》中，张曼玉几度和梁朝伟擦身而过，王家卫极其细腻地表现了他们相遇时的身体距离，表现了空气中衣服的声音，对"一瞬"的"永恒式"表达让人预感到这段爱情大限在前。同时，张曼玉一次次换上旗袍，一次次下楼去面摊买面条；衣服是晚宴般的郑重，面条却是最草民的生存，香港精神就在这里寓言般汇合：倾城的姿态，普罗的道路。就像多年前，张爱玲所描绘的浅水湾之恋，轰轰烈烈的香港沦陷不过是成全了白流苏。说是举重若轻也好，说是举轻若重也好，香港人对生存的体悟总要比他城里的人多一分方生方死的感觉。

也因此，周星驰的爱情大话虽然无厘头，却满世界流传着："曾经有一份真诚的爱情放在我面前，我没有珍惜，等我失去的时候，我才后悔莫及，人世间最痛苦的事莫过于此，你的剑在我的咽喉上割下去吧！不用再犹豫了！如果上天能够给我一个再来一次的机会，我会对那个女孩子说三个字：我爱你！如果非要在这份爱上加一个期限，我希望是——一万年！"

毕竟，誓言从来都只是誓言，"多少事，从来急；天地转，光阴迫。一万年太久，只争朝夕"。香港人个个都特有"只争朝夕"感，而且，几乎每一个香港人都喜欢"只争朝夕"的武侠电影和枪战片，而此类电影似乎也是香港电影市场可以分庭抗礼好莱坞的秘密。在那个世界里，子弹比米饭更普遍，鲜血比玫瑰更动人。吴宇森说："不少人看到人家挨打，情感会得到宣泄。"老老实实勤勤恳恳的香港人，看着周润发张国荣成千上万地挥霍子弹，不心疼，还由衷地满足。

好像很难想象没有吴宇森徐克的香港会是什么样子，起码，教堂里飞不出洁白的鸽子，周润发会沦为百分百中年男人，黑道不知道怎么拿枪，许多香港人不知道如何打发许多个无聊的日日夜夜。豪哥、小马哥、杰仔……他们鱼贯而出，左手枪，右手也是枪，每一枪都打在香港人的心坎上，因为你只有 0.01 秒的优势，因为你的敌人也已经握枪在手，这是对时间最惊心动魄的体认，快快快！快快快！吴宇森、徐克的叙事永远激情盎然，每一分钟都有危机，每一分钟都是高潮，直到电影结束。

　　说起来，香港的时空感的确和其他城市不同。一百年了，香港人总觉得自己生活在"借来的时间"和"借来的空间"里，所以，他们精打细算一切的时空，他们追求每一寸每一分的利用率。也因此，在香港生活惯了的人，跑到其他城市，感觉就像被按了一个"慢放键"。有一个香港朋友，好不容易拿了长假，跑去雅典休养生息，没到行程结束就回来了。他说，在那里生活，感觉不到时间，让人心慌。打开任何一部香港电影，你就会发现，香港人走路的速度比内地任何地方都快。也就是那样的一种日常速度，造就了风靡世界的杜可风摄影速率。

　　香港就这样罗拉般疾走了一百年，一直走到一九九七。九七那一阵，港人个个心神不宁，个个心怀郑愁予式的担忧，"我达达的马蹄是美丽的错误，我不是归人，是个过客……"应该说，这倒不是爱不爱国的问题，九七那阵，每一个香港人都会告诉你："我周围的朋友都在忙着做事，要把自己想做的事赶在'七一'前做完，因为对自己以后的命运没有把握。"

　　其实，对命运的无力把握感从来都在香港的血液里，这也是海岛的精神气质决定的，香港不大，资源有限；而且，很显然，这种无力感自始至终弥漫在整个香港电影史中，这个城市生产了那么多那么多活色生香的喜剧片就是一个佐证。香港人都非常重视每年的贺岁片，不光是因为每年的贺岁片都是明星云集，想看到谁就能看到谁，而且，香港人喜欢并且需要影片最后的大吉大利。香港人重视传统，重视兆头，重视风水，重视这个城市的每一寸土地和海水。

有时候想，香港人大概是世界上最认同"城籍"的居民。中环金钟尖沙咀，他们喜欢；太子旺角油麻地，他们喜欢；长洲南丫大屿山，他们喜欢……港人爱恋着这座城市，走得再远，都改不了港腔港调，就像讲粤语的麦兜麦唛，虽然登陆内地后讲起了普通话，总还是一眼就让人发现：香港制造。

在我的童年时代，"香港制造"暗示了某种精神生活的腐朽，改革开放后我才知道家里有香港亲戚。不过，崎岖的时代却并非全无道理，几十年的沧海桑田，叫人越来越强烈地感到"香港制造"的确暗示了一种精神生活。

譬如青马大桥，它绝对不同于杨浦大桥。在上海，我们说起杨浦大桥，口气和新闻联播差不多，那是这个城市蓬勃发展的一个证据。但青马大桥不是这样的，青马大桥是伤口，也是止痛剂。关锦鹏在《念你如昔》中说："去年偶尔问起一个朋友，问他如果要他最爱的人送他一份礼物的话，他会想要什么，那个时候刚好从新界坐巴士到九龙，他指着那条在海面上搭满大大小小棚架，还在建筑当中的青马大桥，他说，我要他送我这个东西，还要其他人不准在上面走，闲着两人在上面散散步，看日落。那我就插嘴说，你要不要他一并把那个新机场送你？突然间会想到：在这些风花雪月的玩笑背后，到底是什么样的一种情绪？"

这就是香港制造，这个城市和着城民们的爱恨一起生长，不像在上海，我们茫茫然抬头，发现黄浦江上又多了一座桥。

黎耀辉，你还记不记得何宝荣

二○○二年，张国荣和梅艳芳生前最后一次合作，共唱一曲《芳华绝代》，全场沸腾。哥哥以最普通的 T 恤、西装出场，他和梅艳芳在场上互相拥抱彼此抚摸，既缠绵不已又一派天籁，今天回头重看，真是令人不胜唏嘘。惺惺惜惺惺的黄金一代已经走远，今天站在舞台上的，一个比一个弹眼落睛，真正惊心动魄的却有几个？

张国荣的美，是清晨亚当好颜色，因此，本质上，就像亚当什么都不穿还是亚当，哥哥穿什么都是鹤立的哥哥。他在《流星语》里扮演金融风暴后的潦倒男人，造型师也尽力把他装扮得邋邋遢遢皱巴巴，但是，有什么用呢，当他用宝玉般的眼光穿过银幕注视我们，就算他穿的是麻袋，他还是最清贵最华丽的伊甸初男，如同他自己唱的，"天生我高贵艳丽到底"。

因为高贵因为艳丽，哥哥"颠倒众生吹灰不费"，重温他的电影和相片，有时候会惊叹，一样的发型，成龙用着一派江湖气，哥哥剪着就儒雅斯文，他穿件老头汗衫也是《金枝玉叶》，戴个工作帽也是《金玉满堂》，天生香气藏不住，他是凤也是凰。所以王家卫说到张国荣，也叹息，他什么都好，就是举手投足里都能看到那是张国荣。好在这个行走人间的张国荣人见人爱，《纵横四海》里，周润发把红豆妹妹留给他，因为是张国荣，这个故事依然是童话；《英雄本色》里，嫌弃江湖老哥狄龙的，因为是张国荣，观众也能回头重新接纳他。反过来，因为有哥哥在场，《霸王别姬》里的巩俐就没了气场，跟他一起演《阿飞正传》的刘德华，出场就知道不是自己的主场。星光熠熠如《东成西就》，九十年代香港的王者之师，张国荣依然能在梁家辉刘嘉玲梁朝伟张曼玉林青霞张学友王祖贤钟镇涛叶玉卿的国色天香阵容中稳居头牌，他水盈盈粉嘟嘟，一个人就能诠释最癫最狂最恣肆的港产想象力。他就是那个时代的魂魄，当之无愧的香港绝色。

香港几次选美，张国荣都当选了靓尊，艳压林青霞李嘉欣等人，港人还是有眼光，因为张国荣的美真正是芳华绝代，不可一世。他是孩子和天神的混合，他可以不负责任抛弃苏丽珍也可以死心塌地跟住段小楼，他在银幕上两三个小时，演绎的从来不是一生一世，他用电影现在时诠释出一个男人的过去时和将来时，就像《胭脂扣》的十二少，《阿飞正传》的旭仔，《春光乍泄》的

11

何宝荣。其他演员被角色定义，他定义角色；其他演员被美定义，他定义美。他就是自己的时光机器，他活跃华语艺坛四分之一个世纪，歌坛影坛就有二十五年不衰期。

据说，梁朝伟有一次在内地，被张国荣的一个影迷悲情问话："黎耀辉，你还记不记得何宝荣？"这个影迷当时记录说，梁朝伟冲她的方向点了点头。这个事情，在荣迷中传播很广，"一岁一哭荣"，张国荣节气又到，不过今天，到我们这一代荣迷已经比哥哥还老，我倒是常常恍惚，不知道何宝荣还记不记得他的黎耀辉，他的前世。

都和王家卫有染

王家卫进来的时候，我很想跟他讲关于墨镜的故事：有一只北极熊，因为雪地太刺眼，所以，它就决定，我需要一副墨镜。可是雪地里哪有墨镜啊？阳光又那么刺眼，它只好闭起眼睛东爬爬西爬爬，最后把手把脚都爬得黑乎乎的了，不过也终于找到了一副墨镜。

北极熊戴上墨镜，对着镜子一照，大惊失色："天啊，原来我是一只熊猫。"既然发现自己是熊猫，北极熊就觉得不能再待在北极了。它戴着墨镜南下，碰到一只蔫不啦叽的熊猫，问它原因，说：做熊猫真是太逊了。首先，一辈子都拍不出一张彩照；其次，一辈子都去不掉黑眼圈；还有，人家都骂你黑社会，因为戴墨镜。

　　根据《蓝莓之夜》的剧情，我把这墨镜故事编成三段，以后北极熊又碰到了狗头熊，狗头熊和狗出现了危机，后来北极熊绕地球一大圈，用影片中最王家卫的台词，"从街的这边到那边，我选择了世界上最远的走法"，终于又回到北极，之前还偶遇假的华南虎，彼此一印证，Finally Sunday，美即是真，真即是美。

　　但我没讲，王家卫虽然微笑着，却是严肃的。七七四十九岁，他站在岁月的分水岭，保留着文艺青年的腔调，却也有了大师的姿势，甚至，我能感觉他比以前又长高了 0.01 公分，这不是调侃。

　　0.01 公分，这是王家卫电影中最精确的数字表达，凭着这个除了在火箭发射时都可以被忽略的数字，王家卫为自己敛聚了千千万万的影迷，真是喜欢他的这种文艺腔："十六号。四月十六号。一九六〇年四月十六号……"他偏执地在最混沌的情爱世界中植入度量衡，在一个爱情消逝的年代，他发明了新的语言、新的手势和新的激情。九十年代的所有恋爱人口，回头检阅一下自己的情书，哪个人敢说，和王家卫无关？

　　都和王家卫有染。你说，"我不能对你承诺什么"，那是《旺角卡门》；你想解释，"你知不知道有一种……"，发现那是《阿飞正传》的语气；又或者，你苦恋，可"越想忘记一个人"，瞧，你在《东邪西毒》里，反反复复；就算你想逃开感情，大叫"最好的拍档是不该有感情的"，你还是逃不了《堕落天使》；"不如我们重新开始……""如果有多一张船票，你会不会跟我走？"

"爱情这东西，时间很关键，认识得太早或太晚，都不行。"嘿嘿，《春光乍泄》《花样年华》《2046》，在爱情的每一个阶段，都守着一个王家卫，所以，我们上电影院看新新王家卫，看《蓝莓之夜》，与其说是看看有什么新的爱情手法，莫如说是为了复习，为了疗伤，借别人泪水缝自己故事。

所以，流传在外的关于王家卫的童年故事，连王家卫自己也说，好像情调偏凄凉了点，其实，五岁从上海到香港，跟着妈妈经常出入影院，有语言不通的原因，但电影院主要还是欢乐地，不是避难所。因此，当我说起，《蓝莓之夜》中，酒吧老板让诺拉跟瑞切尔要钱，因为她死去的丈夫挂了很多账，我说这一段可以更残酷些，但遗憾瑞切尔在几分钟里经历了几生世的道德转换，从《欲望号街车》的布兰奇变成了洛丽塔，一个转身又成了内地电影中为丈夫清债的民工老婆，好像幅度大了些。王家卫的墨镜看我一眼，人从沙发上坐起来，说：你们怎么就那么喜欢残酷呢？

我心里想说，那还不是你自己造的孽，从一九八八年的《旺角卡门》到前两年的《爱神：手》，张国荣幸福过吗？梁朝伟、张曼玉、金城武、刘嘉玲、张震、林青霞，全港澳台最美丽的男男女女，有过一个幸福吗？再说了，那些精确到小数点的0.01不就是为幸福设置的最令人扼腕的距离，所以，王家卫你怎么能怨影迷为你的身世抹上蓝调？甚至，你就应该认同大家交给你的身世：你有一个孤独的童年，你那个在夜总会里当经理的父亲从没有把你高高地举上天空，你的求学时代也应该特吕弗式，你做编剧的时候就应该很苦闷……

可王家卫说，不，不是这样的。他这样说的时候，他身上的0.01公分长了出来，《蓝莓之夜》成了第一个结局美好的爱情故事：嘴角沾着蛋糕屑的诺拉·琼斯吃完蓝莓蛋糕，在裘德·洛的餐桌上沉沉睡去，她是那么美，他是那么帅，他们的爱情那么理所当然，但我们观众，怎么不觉得特别幸福？

于是，我几乎是粗鲁地向王家卫抱怨：因为蓝莓蛋糕不够好吃，所以银幕上下没有足够的 chemistry（化学反应）。啊，当时我一定像个失恋的人，对着不动声色的王家卫嚷嚷：你对美食有意见吗？还是你对蓝莓蛋糕不动情？你为什么不让他们吃得更好吃一点？他们不色不戒，我们只有靠看他们吃然后爱上他们啊。

但王家卫转而谈《花样年华》的牛排，难道那不是世界上最动人的牛排？可是我最近受《士兵突击》的影响，"不抛弃，不放弃"，我继续嚷嚷：用英语和用华语的区别，是不是就是蓝莓和芝麻糊的区别，是不是就是诺拉·琼斯和张曼玉的区别？

但导演只是笑眯眯地赞美诺拉·琼斯，说他在一个酒吧偶然遇到诺拉，感觉到她身上天然的表现力，于是就有了《蓝莓之夜》。这么说，我也同意。诺拉的那点表现力倒也和蓝莓蛋糕般配，让她去《花样年华》里吃出那么多情绪，不断地拎个保温瓶买一百趟馄饨，也只能是一个伤心时对着裘德·洛叫、平静了对着裘德·洛笑的漂亮姑娘。其余，还有什么呢？

还有什么？《蓝莓之夜》有王家卫的所有元素，甚至显示出用力过猛的细节铺陈，比如那个装钥匙的金鱼缸就多事了些，而且，一个电影分三章，有原地等待的人，有出门等待的人，有回来的人，有永远不回的人，有伤心的情侣，还有，幸福的情侣。不，等等，前面说了，这幸福是英语时态里的，它好像不能为我们中文的魂魄带来幸福。

但王家卫不同意。我感觉，就在那一刹那，他似乎准备和我们分道扬镳了。一直说，王家卫的电影是为小资量身定做的，也的确，在小资词典里，"王家卫"和"米兰·昆德拉"一样，是关键词，他们联手安抚了天南地北无数小资脆弱的心灵，眼泪安抚眼泪，这是华语电影的逻辑。所以，贫穷的左翼电影一向泪如雨下，然后级级递减，到大资产阶级那里，悲痛全部被克制掉，狼藉的痛苦是一种自我贬低，所以，痛苦和幸福一样干燥。而中间状态的小资和中产的分野，则似乎可以拿《蓝莓之夜》示范。

《蓝莓之夜》是干燥的，是团圆的，在社会学意义上，是封闭的也是坚强的，而这种心灵和情感状态无疑跟小资有落差，却跟中产很默契，所以，我说不清楚《蓝莓之夜》是王家卫的中产演出，还是对小资的一次情感训练。就我个人来讲，我还不能马上习惯面值过大的情感货币，不习惯看不见的道德中转，我的情感记忆还留着前现代的胎记。我希望，当剧情提示诺拉心碎的时候，我希望她像张曼玉那样真的有心碎的面容：她想笑一下，终于不支。当她幸福的时候，我也希望她的爱情不是苍白的顿悟或华丽的水到渠成，我希望她的幸福中有痛苦，像小津二郎说的，能忍受痛苦的人是好人，好人才配吃上像样的饭菜。

天下的影迷都是如我一般拎不清吧，但是亲爱的王家卫老师，要知道，在中国做一个小资是要忍受很多污名的，但是，看到阿飞，看到223、663、旺角卡门，我们就自动缴械了，做小资没什么，我们可以付出这个代价，如果可以 in the mood for love，我们愿意永远和你在一起。

所以，当裘德·洛吻上去的时候，给我们更多的理由吧。

再也回不去

吴宇森到威尼斯拿终身成就奖，质疑声音不少。毕竟，先贤寺里有卓别林有黑泽明，吴宇森，很多人几乎就是《剑雨》里大Ｓ看王学圻的眼神："行吗？"

行，当然行。你看，徐克跳上颁奖台，用《英雄本色》的台词向吴宇森致敬："我要争一口气不是想证明我了不起，我是想告诉人家，我只想得到我应该得到的东西。"早几年，宫崎骏拿终身成就奖的时候，也有人质疑：动画片？嘿嘿，宫崎骏，吴宇森，凭着当年的三四部电影，也可以。只是，如果这个终身成就奖是二十年前，也就是吴宇森完成《英雄本色》《喋血双雄》《喋血街头》和《纵横四海》之后送到他手里，你会觉得，威尼斯真是牛逼又年轻。作为世界上最古老的电影节，威尼斯权威的建立不是它颁出的银幕老人头，而是电影新力量。八十年滚滚红尘，威尼斯介入了全世界的新浪潮发端，新写实争论，印象派和好莱坞的风生水起，但是，威尼斯老了。

威尼斯老到有点谄媚。当然，这样说，很有点刻薄，这些年威尼斯的掌柜马可·穆勒对我们华语电影有许多照应！没有穆勒先生，张艺谋贾樟柯李安吴宇森的全球化进程都会有时差，而且你看他，一把年纪，还要对章子怡行下跪礼，一边拉着我们第五代，一边示好咱们第六代，早半个世纪，这样的情操简直可以被追封为中国电影的奶妈。但是，让我们先不要感动，如果对吴宇森的电影够熟悉，我们应该时刻警惕，对我们笑的人，就是我们的亲人吗？

周润发、张国荣、钟楚红都是曾江带大的，他们四海纵横的技艺，也是曾江训练的，换了黑社会的逻辑，曾江不坏，而且有恩于三位。可是，吴宇森在海外老得多么快，甚至，他的道德也呈现了老化的趋势。噢，天地良心，这样说亲爱的 John Woo，这个镌刻在我们青春期里的偶像，我简直有犯罪感。但是，这也是吴宇森用他的电影教育我们的：当偶像出问题的时候，周润发张国荣钟楚红可以离开，可以斩断，甚至，可以拔枪。

吴宇森到好莱坞，影迷都失落，我们很想用龙四的台词对他说："这里到底不是自己的地方！"但是，我们有信心把他等回来，即便 Mission Impossible（是不可能的任务），我们也等。可是，沧海桑田，我们能等回一个什么样的吴宇森？

二〇〇七年，《天堂口》的广告词是："吴宇森回归华语电影第一击！"可那一击，击碎了多少影迷的心，这部电影"当仁不让"成为年度最烂，虽然很多人发现其实导演不是吴宇森，而是他的爱徒。不过，这么大的广告，吴宇森没看到吗？

　　然后是大片《赤壁》，现在大家记得的都是林志玲的那匹马，叫萌萌。这不是影迷无聊，是电影很萌。

　　然后是《剑雨》，再一次，苏照彬又编又导的一部武侠电影，海报上居然是"吴宇森作品"。这是片商行径，谁都知道。谁都知道，吴宇森也应该知道，这是小马哥的忍术，还是阿荣的欺骗？在我们压抑的青春岁月，吴宇森一手为我们缔造了一个江湖有情天，但是，二十年归去来今，吴宇森业已"变脸"，还是"记忆裂痕"？

　　在威尼斯接受记者采访的时候，吴宇森说，我很老土，不会去拍 3D。那么，请 John Woo 更老土一点吧，不仅在电影技术上，也在电影道德上。如此，当昆汀叫着"我的至爱"迎接吴宇森出场的时候，我们才能感同身受。

　　至于威尼斯电影节，就算把终身成就奖颁给冯小刚颁给喜羊羊和灰太狼，我们也不用尖叫，不仅金狮银狮垂垂老矣，而且，他们把金狮给我们，看中的已经不是我们华语电影。这个，马可·穆勒到处融资的背影全世界都看到了，他高声高调向好莱坞求援，我们也看到了。

　　一百句英文经典台词评选中，《绿野仙踪》有一句台词得了第四名："托托，我想我们再也回不去堪萨斯了。"这个，是我们看着吴宇森的感受，当然，我们还是希望，他突然站起来，用小马哥的语气："坦白说，我一点儿也不在乎。"这是《乱世佳人》中的台词，位列百大台词之冠。

谢霆锋和陆毅

第三十届香港电影金像奖，谢霆锋获封最佳男主角，刘嘉玲得封最佳女主角，在现场的朋友告诉我，刘嘉玲获得的掌声完全不能跟谢霆锋比，而且刘嘉玲自己亦哈哈大笑，应该是意识到此奖的荒诞。

《狄仁杰之通天帝国》拿下最佳这个最佳那个，网上一片唏嘘，香港电影成了鬼市？好在，哗啦啦通天塔要倒的时候，谢霆锋站了出来。

三十年，当年被人骂借恋情出名的小男生，如今成了香港电影的顶梁柱。张曼玉是怎么炼成的，谢霆锋是怎么炼成的，香港电影是怎么炼成的？花拳绣腿练到飞花摘叶，他们皆是演而优出来，说到底，就算中神通和欧阳锋都把内功秘诀告诉你，就算你是东方不败和令狐冲的后代，练到眼神杀人，还得自己肉身拼搏。茫茫人海，渺渺世间，谢霆锋起步比谁都早，但压力也比谁都大。《线人》里他已经洗去一身的明星气，比《十月围城》更收放自如，比《证人》更细腻精准，要说什么是港味，我会说，三十岁的谢霆锋有港味。

江湖儿女江湖长，这是香港电影的不二法门。香港电影，从绯闻中学习恣肆，从色情中发展想象，从血腥中提取幽默，总之，那些可能败坏电影的东西，在香港的电影江湖里，奇怪地有了可能性，如同谢霆锋一路走来，黑黑白白的那些事，"顶包案"也好，"艳照门"也好，却向他馈赠了最好的礼物。十年前，我会说，谢霆锋这种长相的孩子，我班上也有好几个，但现在，没有了。

相比之下，出道以来，陆毅也演了不少戏，可是，演来演去，诸葛亮是帅哥，黑老大是帅哥，一副深情款款却用情不专的样子，也怪不得网上封他"打胎帝"，因为一个夏天，他在《唐山大地震》里让张静初去打胎，在《线人》里又让桂纶镁去打胎。要说，类型演员这样养成，倒也简单，以后还能一条龙，顺便帮杜蕾斯做广告。可是，内地的电影语境跟香港不一样，明星见光见报一多，自己把自己当文化贵族不算，还能想象人民大会堂想象中南海，所谓，一边偷鸡摸狗，一边神五神六。这个，不是说的陆毅，虽然陆毅戏路不宽，道德水平在演员中算高的。大多数的明星，社会主义时代的演员理想失落了，社会主义时代的演员荣誉还得要，后面一身臊，前面一脸金，所以，跟香港不同，红红绿绿的好事，却让我们的人民艺术家惹了一身的毛病。

就此而言，香港电影人应该暂缓北上，内地电影人倒是可以分批南下培训，而且，为了让香港人民放心，在关于哪一批演员首先南下的问题上，我们可以引用蒙牛此前在香港媒体新闻发布会上的说法：我们销售到香港的产品和出口的产品是一样的，保证比内地的产品质量更好、更安全！

听到蒙牛的这个发言，陆毅，一定会笑得很阳光，谢霆锋的表情，我不确定。我想说，香港电影，请保持这个不确定。

抽到春娇出现

　　华中科技大学本科毕业典礼上，校长李培根十六分钟的演讲，被掌声打断三十次，最后，全场近八千学生起立高喊："根叔！根叔！"一夜之间，根叔演讲红遍大江南北，两千字里不仅有这几年的大事记，还有诸多网络热词校园话题，校长讲话这么in（时尚），如果不是第一次，也是最成功的第一次。

　　实事求是地说，这是一篇煽情的演讲，学生由衷叫出"根叔"，而不是"校长"，更证明了这是一曲"酒干倘卖无"，而不是"出师表"。所以，要是问我为什么根叔红了，我会说，因为根叔动了感情。

　　成年以后，我们一直被教育，谁先动感情，谁输。就连天下无敌的"东方不败"，因为对李连杰版的令狐冲动了感情，也受伤。所以，练到声色不动，就是牛逼。

这些年，我们学习不动声色，比如我吧，看电影，看到把人哭得稀里哗啦的，就觉得不够高级。高级是什么？起码，得梁朝伟和张曼玉那样吧，旗袍眼神飘过就行。但是，《志明和春娇》的红火，用铁的事实说明，老百姓其实喜欢直说，喜欢动感情。

看《志明和春娇》，真的，不光是看电影了。朋友中，即将谈恋爱的，谈着恋爱的，谈完恋爱的，都在第一时间，跑去看余文乐和杨千嬅。要知道，这是世界杯时间，大家除了看球，就是恢复体力等看球。兴师动众的国际电影节、电视节没带走恋人，但志明和春娇凭着两根烟就集合了全城的色男情女，而且，很多人把自己的网络签名改成："你个仆街!"

你个仆街! 你个仆街! 你个仆街!

这是今年最抒情的句子吗？我想起，几年前，在陆羽茶餐厅，说起香港禁烟，烟民董桥很怅然。不过，他说，倒是有一个好，就是在路边吸烟，会有漂亮女郎过来借火，然后合法地和女郎聊几句。搞得柳公子当时就起身，走到士丹利街角，一口一口吐烟圈。

不知道董先生路边吸烟有没有遇到过春娇？饭桌上，大家都鼓励柳叶抽，抽到春娇出现。不过柳叶接着说，那也不行，抽到春娇出现，就没得烟抽了。

倒有点怅然了。《志明和春娇》最后，余文乐和杨千嬅要一起戒烟。为什么要戒烟呢？全盛期的港片，从来不用最后这点绿色。就像年轻时候，不知道色即是空。

嘿嘿，说到色说到空，想起，世界杯至今，全体网民评出的一个最好报纸标题是《东方早报》体育版做的，叫作"西班牙二十四脚，射即是空"！这种标题，你在新闻版娱乐版见过吗？你见不到的。这就是体育和文艺的区别吧，这就是黄金时代的港片和现在港片的区别吧。所以，读邓小宇的《吃罗宋餐的日子》时，我一直在想，从那个时代港片过来的人，才有资格这样恣意怀旧吧。

《吃罗宋餐的日子》很受追捧，不过，要是你问我《吃罗宋餐的日子》里有哪些料理，我还真说不上来，而且，邓小宇常常还特别谦虚，时不时警惕自己几句"我的标签期限是不是也过了"，或者，借别人口说点"唔该你捆醒我"，很容易搞得不识相的读者骨头轻。但骨子里，邓小宇其实骄傲极了，他三言两语过去，凌波微步走过，你看不懂的地方就怨自己生得太晚吧，类似我们向阿城请教，这个，这个张北海的《侠隐》，好在哪儿呢？阿城冷冷一笑：不是北京人，看不懂的。

一剑封喉。邓小宇倒是没那么狠，不过，看完《吃罗宋餐的日子》，我还是憾然承认，书中暗藏的款曲，明修的栈道，我领会不了。好在，《志明和春娇》示范了，如何去猜测别人心意，甚至，不管有没有把握，你都能直接劈头盖脸问过去："你约会我？你约会我？你约会我？"这个，在港片传统里，是可以这么直接的！邓小宇先生，你说是吗？

　　所以，我的想法是，既然"射即是空"受到全国人民欢迎，既然直接的根叔和春娇都受欢迎，那么，我也斗胆对邓小宇说：其实，好多次，你表达类似"你明白我的意思"时，我是不明白的。

不怕银河拍烂片

看过《单身男女 2》的朋友都叫："无法想象这是银河映射！"

没什么说的，《单身男女 2》开场就是标准烂片。看过"黑"字头、"暗"字头、"枪"字头的，再来看韦杜组合的《单身男女 2》，肯定会有匪夷所思的感觉，仿佛科波拉拍了《小时代》。

《单身男女 2》比《单身男女》又烂了许多。这次，杜琪峰、韦家辉完全没心思讲故事，片中两女三男，动作片一样相遇，动漫片一样相爱，科幻片一样分手，灾难片一样结局。五个偶像派，保持着各自在广告片中的腔调和台步，为了一部广告长片，走到一起来了。其中，比较讽刺的是，这些美男靓女，角色设定的智商都接近人类极限，不是股神，就是天才，但从头至尾，他们的智力行为连美羊羊都比不上。

不过，毕竟《单身男女2》不是郭敬明拍的，所以，看完这部电影，我还真是想了很久。都知道，银河映射一直左右手拍电影。左手黑，右手粉，粉嫩的爱情神经片养育凌厉的黑色江湖片，几乎也算是银河的传统。所以，韦杜组合拍爱情片不稀奇，甚至，拍爱情烂片也不稀奇，银河需要维持，这很正常，就像我们也时不时地吃点肯德基，虽然这部电影实在烂得有点没底线。

银河爱情系列如果终结，说实在，不会有很多人叹息。这种商业剧，"00后"都可以接手。我在这部《单身男女2》中，看到的是，银河左手的危机，因为这么烂的《单身男女2》居然有逻辑奇特的点赞声。

二〇一三年，银河映射三当家"杜琪峰、韦家辉、游乃海"一起出手，完成了在内地公映的《毒战》。这部电影一改银河以往风格，在自然光里发动枪战，使得影像呈现接近现实主义的风格，尤其是最后一场戏，残酷、激烈、不抽象。但是，这部被很多香港人视为《黑社会》系列续集的电影，遭遇了一些港版酷评，其背后的理由很一致：因为这是一部合拍片，《黑社会以和为贵》中的那种对内地方面的挑衅性，在这里没有延续。银河映射的压力挺大的，筹拍中的《黑社会3》，杜琪峰就放出话来，估计内地上映会很难，言下之意不言而喻。

内地、香港合拍也好，香港独资也好，作为一种电影经济，当然会对影片构成产生巨大影响，这些年，我们的确也看到了合拍片对香港电影的生态重构，其中包括婚姻般的束缚。但是，令人意外的是，"合拍片"和"独资片"在新的政治经济语境里，成了评估香港电影的一个美学前提，好像"独资"意味着更高深的电影理想。同在这个逻辑里，合拍片就仿佛带着一种原罪，搞得港人做不好合拍片，反而有了道德上的悲壮。关于《单身男女2》的失败，就有神奇的辩护出来说：反正目标观众在内地，啧啧！

用电影外的逻辑去搅乱电影内的语法，香港电影还能走多远？作为多年的银河粉丝，我觉得，杜琪峰的脑子其实是清楚的。去年底，在蒲锋对他的一次采访中，蒲问杜，"黑帮片会消失吗？"杜说："我们在五十年代出生，六十年代的周边总有几个黑帮，到七八十年代仍是这样，我们有那种气息吹过来。他们现在少得多了，可能时代不同了，有些东西自然消失，这是一个生态……电影或多或少是时代的一些记录，人随着它一起转变，我们不能硬把他们拉回来去搞黑帮题材，因为他要写的是另一些题材。黑帮片自然消失的话，就让它自然消失。因为新一代作者没有这方面的灵感，黑帮片衰落或消失已不再是与审查有否冲突的问题。"

一时代有一时代的电影，有人觉得《毒战》脱离了黑社会的范畴，生出怨言，怪在合拍片上；有人觉得《单身男女2》太烂不像银河映射，生出同情，怪在合拍片上，这同一个撒娇的逻辑，我想，韦杜组合应该是看得穿的吧。说到底，作为银河粉丝，我们从来不怕银河拍烂片，我们怕的是，支持烂片的逻辑也被用来支持银河的黑色系。

就此别过

二○一八年十月三十日下午，金庸离世。当天晚上，重看郭襄告别杨过和小龙女章节，重看《天龙八部》中，萧峰段誉虚竹三人，在天下英雄面前义结金兰共赴生死的章节，看到半夜，返回去再看一遍《神雕侠侣》结尾，一夜无眠。

从来没有成为金庸小说主人公的郭襄很有风骨，甚至可以说，郭襄这个角色拯救了整部《神雕侠侣》，杨过和小龙女的故事，在郭襄面前，几乎降维。《神雕侠侣》最后——

郭襄回头过来，见张君宝头上伤口中兀自汩汩流血，于是从怀中取出手帕，替他包扎。张君宝好生感激，欲待出言道谢，却见郭襄眼中泪光莹莹，心下大是奇怪，不知她为什么伤心，道谢的言辞竟此便说不出口。

却听得杨过朗声说道："今番良晤，豪兴不浅，他日江湖相逢，再当杯酒言欢。咱们就此别过。"说着袍袖一拂，携着小龙女之手，与神雕并肩下山。

其时明月在天，清风吹叶，树巅乌鸦啊啊而鸣，郭襄再也忍耐不住，泪珠夺眶而出。

十六岁郭襄，风陵渡口遇杨过，从此心里没有过别人。杨过给她三枚金针可以救她危厄，她三枚都用在了杨过身上。第一枚请他摘下面具让她看看真面貌；第二枚求杨过在她十六岁生日时候去看她；第三枚杨过试图殉情小龙女，她请他不要寻短见。杨过遵守然诺，"力之所及，无不从命"。郭襄生日，他为她打扫乱世战场送出三战功，天下英雄面前，夜空烟花放出"恭祝郭二姑娘多福多寿"，刹那用光她一生欢愉，当代文学史里最浪漫的生日成为最荒凉的起点，从此她天涯漂泊无终点，虽然最后成为一代峨眉宗师，给嫡传弟子取的名字还是"风陵"。

十六岁的我们看着十六岁的郭襄，没有经历过爱情的少年其实不能完全体会杨过小龙女携手离开后的秋风秋月秋鸦。不过，在那个年纪读到这样的片段，却莫名其妙让我们理解了一个物理定律，所谓能量守恒，我们无师自通地明白，在故事中提前幸福了的人，最后都会被命运惩罚。襄阳城烟花有多灿烂，郭襄的一生就有多寂寥。但是，多么好的郭襄啊，就算一生没法幸福，还是要祝福神雕侠找到小龙女。这样的姑娘，今天没有了，但是在二十世纪八十年代，我们相信郭襄，我们不仅相信她，而且相信自己也会这么做。

基本上，金庸一边在我们身上植入浪漫主义一边开出青少年修养课，而回头想想，我们这一代可以算是新中国最精神分裂又最有包容力的一代。《神雕侠侣》中，坏了小龙女清白的人叫尹志平，班上姓尹的男生一整年都抬不起头，下了课，姓杨的男生们就压着姓尹的，一边乱喊"淫贼"，而杨过风流，引得程英、陆无双、公孙绿萼和郭襄寂灭一生，却没人会像今天的很多精明人一样骂他渣男。杨过离开，程英安慰无双："三妹，你瞧这些白云聚了又散，散了又聚，人生离合，亦复如斯。"这段话，也被用来安慰我们自己。英雄就可以为所欲为，英雄就可以离开我们，告别二十世纪六七十年代无懈可击的人头马后，金庸的大侠填补进来，用似乎更加人性的方式把我们弄得经脉乱转。

我们自己的青春期遇到新中国的青春期，那确乎是一个神采飞扬又兵荒马乱的时辰。我们跋扈又颠沛，有时候帝王般出发，一人拿一把扫帚准备跟隔壁弄堂的小帮派火并，结果被人家的神仙姐姐两句话就拿下，然后商量一起上少林寺寻扫地僧。筹备了一个星期，也就我表弟从外婆那里偷了点全国粮票。不过走不成也不算打击，反正心在江湖人在江湖，我们用各种方式和金庸发生关系：我抄过白皮书版的《射雕英雄传》，我表弟抄过缺页的《笑傲江湖》。而为了配得上内容的豪阔，我们剪了白床单用糨糊和封面贴在一起，深深觉得最高等级的《葵花宝典》也不过如此。

人类历史长河里，没有一个作家像金庸那样，天南地北在我们的肉身上盖下印记，我们这一代的近视，集体可以怪到金庸头上，我们在课桌下看被窝里看披星戴月看呕心沥血看，我们不是用眼睛看，我们用身体填入萧峰阿朱令狐冲任盈盈郭靖黄蓉，所以影像史上最难满足的观众就是金庸迷，因为我们曾经把自己的脸庞给他们，我们曾经把恋人的眼神给他们。

终于读书热来了，一夜之间看金庸莫名地显得版本有点低。我们把《鹿鼎记》推入书架深处，买来很多一辈子没有打开过的海德格尔、尼采和弗洛伊德，学习高冷技术，乱动感情的少年时代突然被收纳起来，我们学习不煽情不失控不哭不闹不出走，但事实上，我们只不过好奇尼采疯狂的人生着迷海德格尔的情人。这是一个狼奔豕突各种碎片来不及整理的时代，但所有的碎片都在我们的磁盘里。如此走到二十世纪九十年代。

说不清是装逼还是已经过尽千帆，我们遇到小津安二郎的时候，确实在他的不动声色前缴械，《东京物语》后半程，相伴一辈子的老伴去世，笠智众走到户外，一天地的白日太阳，一世界的生生不息，老头站在一块可以俯瞰大海和市区的平地上，用家常的语调说了句，"多么美丽的早晨啊"，然后一个空镜：艳阳。河流。船只。灯笼。我们立马被小津打得肾虚，如此进入中年。

如此，我们进入自以为版本升级了的中年，中产阶级冷淡美学把我们训练得人模狗样。好像相思已经成灰，好像已经铁心石肠。然后，他们说，这一次，金庸，你，真的死了。

你死了。

久未检视的生活排山倒海回到眼前，此起彼伏的金庸迷在网上应声而起，这是八十年代的最后一次集结号，我们把你灌溉在我们身上的泪水还给你。千里茫茫若梦，双眸粲粲如星。塞上牛羊空许约，烛畔鬓云有旧盟。他强任他强，清风拂山岗。他横任他横，明月照大江。情不知所起，一往而深。大家在网上接龙金庸，我们拾起少年时代没有被弯曲过的动词，没有被折扣过的形容词，我们拿掉这些年的面具，最后一次，我们暴雨般把自己甩出去，我们向你奔腾而去，每个词都不愿落后，我们曾经慌张退场的抒情能力在这一刻，突围而出挣脱自己的墓志铭。在这一刻，我们重新回到童年身体，世界白云苍狗，但是我们的初歌还能继续弹唱，甚至可以更放肆地弹唱。去你的声色不动，去你的温润如玉，这一刻，我们重新成为八十年代之子。

江山笑烟雨遥，让世界嘲讽我们只剩一襟晚照的豪情吧，说到底，不是金庸写得有多好，是我们在最好的年纪撞上他，就算我们郭襄一样集体出了家，四十年后练的也是黑沼灵狐，一招关乎杨过的武功。这是我们这一代和金庸的相遇，因为对方的存在，"一棵树已经生长得超出它自己"。本质上，我们是新中国最后一代民间抒情强人，我们借着少年时代的这口气，穿山越岭，三十年后还有眼泪夺眶而出，这个，可能是这个干燥时代的最后的风陵渡。

就此别过。

第二辑

上海一九三〇

　　一九三〇年不是一个堂皇的历史大年，也不是什么文学丰年。世界历史大事记里不过记着这么一笔：一九三〇年三月十四日，冥王星——太阳系第九大行星被美国科学家克莱德·汤博（Clyde Tombaugh）发现。但是一九三〇年让我感兴趣，因为那个年代的大事记里有着非凡的戏剧性，而同时的小事记里却秉有一种隆重感。这是一个有无限可能性，有无数条道路的年代。

　　这个年代是以一个小女孩的改名揭橥的。张煐，一九二〇年九月十九日出生于上海租界张公馆，一个显赫家族的末代子孙。十岁的时候，受西洋教育的母亲不顾父亲的反对，如同拐卖人口一般地把她送进了美国教会办的黄氏小学。在填写入学证的时候，她母亲嫌"张煐"两字嗡嗡地不响亮，就从英文名字胡乱译了两个字给她当学名，从此，她叫张爱玲。后来她自己说："我自己有一个恶俗不堪的名字，明知其俗而不打算换一个……我之所以恋恋于我的名字，还是为了取名字的时候那一点回忆……她（张爱玲的母亲）一直打算替我改而没有改，到现在，我却不愿意改了。""张爱玲"这个名字后来她认真用了六十五年，这个胡乱取的名字将来要出入所有的文学史，和"鲁迅"这个名字排在一起。这是历史或文学史中一个小得不能再小的细节，但是这个名字的故事却包含了这个时代即将展开的一种文学态度：很多原来一等一的大事，比如，姓名，可能不再那么重要了。"胡乱"，或说，"举重若轻"，即将成为一种美学风尚，新感觉派们将用"不入流"的题材、"轻率"的口吻讲述生活，讲述自"五四"以降的"神圣岁月"。

这种风格既贯穿于国家大事，也弥漫在小说小道里。这种风格见之于《子夜》，就是吴荪甫的客厅里，"全体起立欢迎交际花徐曼丽"和"众生喧哗吴老太爷断气"同时上场；是"证券市场风云突变"，"罢工高潮一浪接一浪"和"干枯的白玫瑰飞出少奶奶的《少年维特之烦恼》"穿梭发展。而且重要的是，茅盾讲述艳事的语气和篇幅都是可观的，小说中华彩的章节都离不开交际花的出场，这些让茅盾落笔激动的尤物悄悄改变了他创作《子夜》的初衷。他原本的打算——"大规模地描写中国社会的现象"——沦为了小说的背景。这种思路发展到以后，就有了张爱玲的《传奇》，有了一个被轻描淡写的"香港沦陷"和一段倾国倾城的恋爱。"范柳原和白流苏"的故事不是二十世纪四十年代的因果，他们的前辈人物，真实的或虚拟的，早在一九三〇年就登场了。

其实茅盾自己就是无数传奇的主人公。一九三〇年四月，茅盾与秦德君同船自日本返回上海。秦德君这年二十四岁，比茅盾小十岁，个儿修长，长相漂亮，性格坚强。他们是一九二八年七月同船赴日的，在船上，茅盾就对她发生了兴趣。说起来，他们的恋爱，倒是有点像《倾城之恋》的上半场戏：也是隔洋隔海的异地，也是善解人意的孤男和芳龄可可的寡女，还有，乱世里的港湾，京都的樱花堪比浅水湾的野火花，一般的"死生契阔，与子成说"，茅盾也向秦德君许过"执子之手，与子偕老"。只不过，秦德君没白流苏那么好运气，日本没沦陷，他们回到了上海，茅盾回到了有子有女的家，不久便加入了刚刚成立的中国左翼作家联盟。世事莽苍，这就是上海，不是续传奇的地方，但却经常是传奇登场的舞台，比如张恨水一九三〇年在上海的大红大紫。

《啼笑因缘》一九二九年开始在上海《新闻报》副刊《快活林》上连载，等到一九三〇年连载完毕，张恨水已经名满大江南北，成了传奇人物。《新闻报》是当时发行最多、面向全国的报纸。本来，连载一个长篇，不过聊备一格，不关印数的。但是《啼笑因缘》却带来了报纸的销量猛增，广告刊户，纷纷要求靠近小说的位置；不久，《啼笑因缘》成书出版，电影、弹词、话剧顺势跟进。电影摄制时，因"专有权"问题，明星电影公司和大华电影社还打起架来，后经律师章士钊调停，大华停拍，明星赔款十万。事实上，张恨水在北京期间就已经写出了"鸳蝴"经典《春明外史》和《金粉世家》等作品，但是，就像他的儿女在《回忆我的父亲张恨水先生》里说的："父亲为上海《新闻报》撰写了《啼笑因缘》，就被世人所知了。"上海是那个时代的名利场，她的声光化电，尽管带着所有半殖民地的复制特色，却还是毫不客气地把北京，把中国的其他地方，变成了"乡土中国"。要成名，就到上海去。所以，"在某种意义上，当我们说三十年代文学，几乎实际上就是指三十年代以上海为中心发生的一些文学事实"。

一九三〇年，刘呐鸥的《都市风景线》出版，第一批"现代尤物"登场，该书的封面是三道炫目的强光，预示着一个强刺激的时代已经光临。同年，穆时英在《新文艺》上发表第一篇小说《咱们的世界》及《黑旋风》，又有《南北极》经施蛰存推荐到《小说月报》发表，其"浓重的流氓无产阶级意识"流露了虎虎生气，不过，一九三〇年的声色犬马不久令他"弃明投暗"，他恋上了狐步舞、爵士乐和电影。的确，"电影"可能是那个时代最难抵御的尤物了。鲁迅在一九三〇年也没漏看《侠盗雷森》，前后上映的美国电影比如《皇后私奔记》《天涯恨》《义士艳史》和《罗宫春色》等片他也偕广平兄观赏了。一九三〇年底，中国第一部蜡盘有声影片《歌女红牡丹》开拍，由洪深编剧，张石川导演，明星影片公司摄制，女主角红牡丹由胡蝶扮演。十二月三日，联华公司出品的影片《野草闲花》上映，该片以蜡盘配音的方式配制了中国第一首电影歌曲《寻兄词》，孙瑜写的词。

《野草闲花》是一九三〇年阮玲玉加入联华影业公司后主演的电影，那年她二十一岁，佳人如玉，岁月似梦，她的弯弯笑眼和湿湿眼神有着了迷一样的魅力，浸透着既人间又天堂的芬芳，感谢上帝，她还有花一样的五年和影迷在一起；感谢上帝，她不等岁月凋零就会清烟般飞逝，不留下一点点瑕疵。一九三〇年，她还另外主演了《自杀合同》和《故都春梦》；五月，《影戏杂志》举办"电影明星选举"，阮玲玉以六千一百七十九票当选第一名，胡蝶得三千七百八十四票。她在银幕上一言未发就为中国影坛培养了整整一代专业影迷。一九三五年三月八日，她在上海新闸路沁园村九号的家中服安眠药自尽，整个上海歇斯底里了三天，上海招架不住第一代偶像巨星的陨落，殡仪馆场面失控，十万市民等着和心爱的女神告别，有人自杀，有人癫狂。这是二十世纪三十年代的一个神话，上海把影星变成了神，而这些年轻的神则把那个年代变得眼神痴迷，心肠柔软。

心肠柔软，真的，包括刚刚成了左翼领袖的鲁迅。一九三〇年，鲁迅五十岁，海婴一岁。那年，刚做父亲的他手忙脚乱地给儿子洗澡，轻声轻气地哄儿子睡觉。海婴百日那天，鲁迅携妇带雏地去照相馆拍了两张相：一张全家合影，一张海婴单独照，鲁迅代海婴题了字，分送了亲朋。一九三〇年九月二十五日，鲁迅五十岁生日，海婴周岁，全家又去照相馆拍了两张相，一张是鲁迅和海婴，照片上鲁迅亲笔题写了"海婴与鲁迅，一岁与五十"；

一张是合影。细看当时的那几张照片，鲁迅的神情里有一种朴素的幸福，他双手紧紧抱着海婴，五十年了，他的生活从不曾像此刻那么充实，他紧紧抱着自己的儿子，抱着生命中最单纯稚嫩的希望，那是一九三〇年。

也是一九三〇年，六月二十九日，胡适给长子祖望写了一封信。信是这样的："祖望：今天接到学校报告你的成绩，说你'成绩欠佳'，要你在暑期学校补课。你的成绩有八个'4'，这是最坏的成绩。你不觉得可耻吗？你自己看看这表。你在学校里干的什么事？你这样的功课还不要补课吗？我那一天赶到学堂里来警告你，叫你用功做功课。你记得吗？你这样不用功，这样不肯听话，不必去外国丢我的脸了。今天请你拿这信和报告单去给倪先生看，叫他准你退出旅行团，退回已缴各费，即日搬回家来，七月二日再去进暑期学校补课。这不是我改变宗旨，只是你自己不争气，怪不得我们。爸爸"。这是胡适家信中少有的严厉而匆急的书信，而当时，胡祖望才刚刚过了十一岁生日，他父亲胡适马上要过四十岁生日，责子语切，心肠却是柔软的。

上面写的，都是发生在一九三〇年的一些说大也小、说小也大的事情。它们镶嵌在历史大叙事的缝隙里，却构成了岁月的另外心跳。以后，就有了下面的这组蒙太奇——

这时候——这天堂般五月的傍晚，有三辆一九三〇年式的雪铁笼汽车像闪电一般驶过了外白渡桥，向西转弯，一直沿北苏州路去了。（茅盾《子夜》）

中国的悲剧这里边一定有小说资料一九三一年是我的年代了《东方小说》《北斗》每月一篇单行本日译本俄译本各国译本都出版诺贝尔奖金又伟大又发财……（穆时英《上海的狐步舞》）

一九三二年四月六日星期六下午，金业交易所里边挤满了红着眼珠子的人。标金的跌风，用一小时一百基罗米突的速度吹着，把那些人吹成野兽，吹去了理性，吹去了神经。（穆时英《夜总会里的五个人》）

流线式车身/V形水箱/浮力座子/水压灭震器/五挡变速机/她，像一辆一九三三型的新车么，在五月橙色的空气里，沥青的街道上，鳗一样的在人丛中滑动着。（叶灵凤《流行性感冒》）

一九三五年深秋，上海中区的中下层住宅区。舞女的住所，二楼厢房，正面是被浓色的窗帷遮得紧紧的窗子，从窗帷缝中射进一条阳光。……看天气已经是十一点左右的光景，舞女酣睡着。（夏衍《都会的一角》）

这已经是一九三六年了，至少在名义上是个一夫一妻的社会，而他拥有三位娇妻在湖上偕游。难得有两次他向朋友诉苦，朋友总是将他取笑了一番说："至少你们不用另外找搭子。关起门来就是一桌麻将。"（张爱玲《五四遗事》）

一九三七年四月，黄梅时节的一日间。上海东区习见的弄堂房子，横断面。右侧是开着的后门，从这儿可以望见在弄内来往的人物。接着是灶庇间，前面是自来水龙头和水门汀砌成的水斗，灶庇间上方是亭子间的窗。窗开着，窗口稍下是马口铁做成的倾斜的雨庇，这样，下雨的日子女人们也可以在水斗左右洗衣淘米，亭子间窗口挂着淘箩、蒸架……和已洗未干的小孩尿布。（夏衍《上海屋檐下》）

　　是一九三九年初夏，夜里一点钟的时候，我从一个朋友地方出来，那时马路已经很静，行人不见一个，但当我穿过马路的时候，路角有一个人叫住了我："对不起，先生。"是一个美国军官，好像走不动似的。"怎么？"我停步了。"可以为我叫一辆汽车吗？"我猛然看到他小腿部的血痕……（徐讦《风萧萧》）

　　那天是十二月七日，一九四一年。十二月八日，炮声响了。一炮一炮之间，冬晨的银雾渐渐散开，山巅、山洼子里，全岛上的居民都向海面上望去，说："开仗了，开仗了。"谁都不能够相信，然而毕竟是开仗了。流苏孤身留在巴丙顿道，哪里知道什么。（张爱玲《倾城之恋》）

上海一九八○

　　应香港艺术中心的邀请，对贾樟柯作一次笔谈，谈及他最初从影的想法，他说了一句："当我喜欢电影后，我就问自己拍什么，我想那就拍八十年代。"后来，他就拍了世界影人和影迷都非常喜欢的《小武》和《月台》。不知道贾樟柯在许多个电影节的领奖台上有没有感谢"八十年代"——他所有激情的源头和归宿。

　　前两天，和几个老同学回到母校，因为放假，学校后门的生意非常清淡，我们进了从前常去的那家小饭馆，老板娘却不认得我们了，只一个劲地热情推销自己：这一带的饭店我们资格最老了。问她多久了，她指指门口的招牌，居然是用英文写的：SINCE 1980。

我们大笑起来，说八十年代有什么老的，也就二十年，没看城隍庙里的那些老字号大小有嘉庆有乾隆吗？老板娘生气了，说那你们倒是在这条街上帮我找一家有二十年历史的老店。十年也行，找得到，今天我请客了！

老板娘撂下的话果然没得空子钻，白驹过隙真是不假，昨天还倚着门口痴痴笑的理发店小妹现在自己开发廊了，原来的理发店大概已经换了好几轮店主，现在的门面崭新崭新的，做韩国烧烤生意……二十世纪八十年代还历历在目，眨眼却站在了另一个世纪的街口，我们互相看看，都有了夺路而逃的意思。

于是想起巴西作家若昂·罗萨的小说《河的第三条岸》，这个短篇非常简单，讲的是一个本分的父亲突然订购了一条小船，然后开始了他在河上漂浮的岁月。其实父亲哪里也没去，就在家附近的河里划来划去，但是他从不上岸。很多年过去了，姐姐、哥哥和母亲忍受不了父亲带来的屈辱，先后走了，除了"我"，"我"等着爸爸，终于有一天，"我"看见了他，向他呼唤："回来吧，我会代替你！"父亲挥动船桨向"我"划过来，但于刹那间，"我"突然浑身战栗起来，逃掉了。

跟朋友推荐这个短篇的时候，我把小说的寓意说得非常复杂，然而，站在夏日午后，面对 SINCE 1980，我发现这个小说其实很简单，时间的故事罢了。

它到底是我们的

饭桌上坐定，京城来的就问：有上海土生土长的吗？我们说有，让北京领导猜，他毫不犹豫拣了桌上最白净最体面的男人，说，你。被挑中的就有些光火，故意粗鲁着点，老子山东的，什么眼光！潜伏下来的真正本地人就在一旁乐，因为被北京人说是上海人，意思不会太好。

然而，就算天天和房东一起分担"啊，上海男人"的辛酸压力，就算夜夜和老婆一起想念家乡的星空，来到这个城市的无数外乡人，一年两年三五年，终于是一辈子，离开上海的冲动一直有，但一直的冲动一直被延宕了。那么，在这个艳名远播又声名狼藉的城市，是什么东西拽住了他们？

上海吃得好。以前，民间流传"北京人什么都敢说，广州人什么都敢吃，上海人什么都敢穿"，但最近几年，连广州人都跑到上海找馆子了。国内各大菜帮在上海滩上轮番轰炸，先是杭州菜，接着湖南菜，再是四川东北客家菜，吃到现在，一家饭馆里是什么菜都有了。

"今天，我们在上海可以吃遍全世界的菜系。"电视上的洋人竖着拇指向全世界做广告。天地良心，这广告货真价实，吃俄罗斯菜，台上有俄罗斯姑娘的大腿舞；到土耳其餐厅，俊美的土耳其小伙就跑过来服务你。当然，常常也听说，俄罗斯姑娘其实是新疆姑娘，土耳其小伙是一戏剧学院打工仔。然而，不管那么多了，看那老板娘多么风情万种，她一边跟你递眼神，一边帮你涮羊肉，虽然是，你花了一斤羊肉的钱只吃到半斤的货，但是，半斤羊肉半斤温柔啊，而后面半斤，才是真正的上海风味。吃遍全世界，你永远会想念上海老板娘。

胃舒坦了，人就挪不动，而且，饱暖思淫欲，因着上海老板娘，就想娶个上海小姑娘了。虽然很多年前，鲁迅已经讲授过"上海的少女"的不良倾向，但是，洛丽塔毕竟好过末路狂花啊。走进北方店铺，小白杨似的女服务员美则美矣，但是你抬抬头，店铺上方拉一标语"我们决不打骂顾客"，心头一哆嗦，Farewell（再见），小白杨。回头来看上海小姑娘，没错，还有不少小姑娘在传承海派风格，"作"了要死，不断创造 Mission Impossible（不可能完成的任务），但是，也应该看到，当代"作"女，亦是"作"资雄厚的，无限缠绵加上无限想象力再加无限能动性，日月换，山水转，辛苦归辛苦，但在一个价值失落的时代，"作"女为猛男撑出多么大的一片打拼天地。而隔着三十年的辛苦路往回看，你白头偕老的她虽然已经温顺体贴，但拐过地铁口，看到一对小恋人，女孩对着男孩叫："我现在就要吃糖炒栗子！"稀里哗啦，你多么想回到过去，要死也好，要活也好，说是折磨也可以，说是馈赠也可以，反正，在上海生活，就是有这样暧昧的幸福。

有了吃，有了女人，上海再糟，也是家的方向。八千里路云和月，上海的确有让外地人特别不顺心的地方，出租车司机倒不特别绕你路，但一听说你河南来的，就问："艾滋病严重吧？"知道你安徽来的，就说："我们家保姆也是安徽的。"总之，经意或不经意，要压你一头。在这方面，港澳台以为可得体面，也没门，你说你台湾来旅游的，他就说五百元带你浦东半天游，你说不要，去地铁站就可以了，司机就冷言冷语："台湾经济也不行了吧？"

不过，碰上你心情好，说："行，五百元，浦东半天游。"司机马上精神饱满，一个漂亮弧度，拉你上高架，一边开车一边导游：喏，现在我们就在延安高架上了，等会我开下去让你们开开眼，这个高架有来历呵！当初在这个地方打桩，一连打断十几根桩子，不可思议啊，因为这个地方的地质不可能是这样，全国的大科学家大工程师都到场了，也没用。后来，请出玉佛寺的方丈，方丈看了也摇头，说，地底下有一条黑龙，桩正好打在龙爪上，得过一百年，黑龙才会离开。没办法。请方丈想想办法，方丈考虑很久，终于说出：用一根金属大圆柱，上面雕上九条金色的龙，在某时某刻打下桩去！果然，柱子顺利地打了下去，但泄露天机的方丈不久圆寂了。

然后，司机开车在那龙柱子旁两个来回，让你好好瞻仰，一边证明他见闻的深广，一边证明五百元的物有所值。你要再感叹几句赞美他几句，司机就更兴奋了，索性先带你在市区里兜一兜，看看，那边就是马勒别墅，中纪委来查办上海社保大案的办公室，捉进去好几十个啊，那个叫什么的，刚到门口，就尿裤子了！终于，你深深地觉得，这五百元，物超所值了。

所以，乱世自有乱世的法则，而所有的上海人，多多少少对这个城市怀有自豪，虽然他们平日里可能受尽高楼大厦的气，但指着外滩三号，他们依然与有荣焉。可能就是这么点虚荣心吧，上海的城市化进程这么迅速，人民这么委屈，但是大街小巷里的上海人，依然兴兴头头，仿佛这个城市的明天里，活生生地养殖着他们的梦想。

晚上回家，安静的地下铁，突然，有一个男人站起来，说，各位，现在我给大家唱一首《人生何处不相逢》。大家还没回过神来，他已经摆好架势，几乎是深情地唱起来：随浪随风飘荡，随着一生里的浪，你我在重叠那一刹，顷刻各在一方……他一唱完，车厢里的年轻人就为他鼓掌，半揶揄半鼓励，男人于是脱下帽子，点题道："在家靠父母，出门靠朋友。"于是，几个年纪大的乘客装睡回笼觉的样子，不搭理递到眼前的帽子；一中年男人投了一块钱后，问他一天能挣多少。年轻的情侣大约被歌词感动，投了五块钱，卖唱男人立马送上口彩："好人一生平安。"

我在徐家汇下车的时候，卖唱男人也下车来，不过，换个车厢，他又上去了。也许是灯光的关系吧，他一进入车厢，涂了一层蜡似的精神焕发。所以说，大都会像春药，吃伤了身体，还会选择吃下去。

走出地铁站，马上听到吆喝声："高科技产品，不灵不要钱！"我挤进人群，看到两个男人在兜售纽扣电池一样的东西，一男演习，一男望风。演习的男人像表演魔术似的，亮出一纽扣电池，然后撸起袖子表示两袖清风，接着，他用煽动人心的语调说："注意了注意了，奇迹就要发生！"果然，他把纽扣电池放在一自来水水表上，水表不转了，然而自来水照样流。"十块钱一颗，高科技产品，花小钱省大钱！"围观的人还在犹豫，望风男人催促说，快快快，我们马上要走的，这是尖端技术，今天算你们运气！

再走两步，又听到吆喝："纯种欧洲名犬！最后一只！"那欧洲名犬装在鸟笼里，一女孩在问是不是偷的，卖鸟的看她一眼，意思"真不懂事，这还用问吗"。旁边，有几个年轻人在兜售强力胶，他们把好好一根皮带剪开，又粘上，吆喝着："永远扯不断了！"

走出好一段路了，还听到年轻人嘻嘻哈哈的声音："永远扯不断了！"

　　大半个世纪前，张爱玲与胡兰成去美丽园，看大西路上树影车声，商店行人，心里喜悦，说："现代的东西纵有千般不是，它到底是我们的，于我们亲。"车水马龙里，常常我会想到张爱玲的这一声感叹，所以，尽管北京的朋友每次要疾言厉色地指责我们被花花上海蒙了心，我们却把心一横，决意和恶之花共生死了。因为，它到底是我们的。

四季故事

春天发困

突然春天就来了，气温陡然上升二十度，街上行人不是手挽大衣，就是腰拴外套。恋人在一起，女孩的风衣围巾帽子都交在男友手里；夫妻一道的，男的都是范柳原的婚后做派，"他现在不那么绅士风了，竟交给了她"，所以，嫁了人的白流苏手上满满贯贯的是一家人的衣服，走在徐家汇天桥上，又疲倦又幸福。

地铁里的暖空调没来得及关掉，乘客被蒸得连骂人的力气都没有，虽然是高峰时段，车厢里却莫名安静。陌生男女紧挨着，没有性别，全是沙皮狗。想起章衣萍《枕上随笔》里那句唯一流传下来的话："懒人的春天哪！我连女人的屁股都懒得去摸了！"

也活该章衣萍倒霉，这句抄汪静之的名言，为他自己赢得了一世骂名："摸屁股诗人"。章衣萍想起来就觉得冤，可是，懒人的春天哪！他后来也懒得分辩。

分辩累人呀！中午的公交车，没几个乘客，售票员挨着司机座位立着，靠自己力量站不稳似的，有一搭没一搭地说："你欢喜新来的小高？"司机回头瞄她一眼："勿要瞎三话四。"售票员吃吃笑了："好嘞好嘞，我不会看错的。上趟，小高感冒，你也感冒。"司机又说了一遍瞎三话四。售票员又吃吃笑："我们早就看出来了，你赖也赖不忒。小高讲到侬，总是伊呀伊，这还看不出来啊！"司机挣扎两番后，妥协了，说了句"小高人蛮好"。售票员依旧懒洋洋靠在驾驶椅上："她老公上趟到车队来接她，人蛮长的，有点像刘德华。唉，春天就是发困。"

公交车沿着中山北路开开停停，一半乘客在睡觉，一半在听售票员说话，没人觉得他们讲的是一桩隐秘的婚外恋情。天这么热，普罗的道德都蒸发了，笑眯眯地听着，希望这个售票员再往下说点什么。不过，没下文了，大家倒也无所谓。

车厢里静下来，有人打呼噜，一边打，一边把头靠邻座老头身上了。忽然一个声音叫起来："要死！坐过头了！"然后绝望地看了看车后，索性继续打起盹来。

夏天雷雨

楼下有个发廊，小姐长年累月穿得清凉，我们抱着儿子在巷子里溜达，冬天我们穿棉袄，她们却白花花的肉身裂帛，儿子就说，阿姨老面皮，不穿衣服。

好在，夏天来了，发廊小姐一定欢喜这么热的夏天吧，全国人民都穿泳装，发廊小姐也就成了芸芸众生，成了邻家女孩。以前，那些发廊都关着门开着空调，四五个女孩一字排开，一个涂指甲油，一个吃头发，另外两三个玩着牌，隔着玻璃门望去，她们青春的身体像散乱的麻将牌，既是邀请，也是警告，但现在情形完全不一样了。

多么好的夏天，发廊小姐趿双凉拖鞋拿把桃花扇坐到屋檐下来，她们把手搁在旁边水果摊的西瓜上，路人走过，对着她们问："老板娘，西瓜哪能买？"她们唧唧呱呱地笑，也不否认，只积极地对着里屋喊，老板娘，生意来了！几天下来，原来不怎么搭理她们的水果摊真正老板娘倒喜欢上她们了，尤其是生意忙的时候，她们帮着称这称那，而且，对水果摊老板，竟是一点轻浮举动都没有，所以，星空下，她们坐在一起，比着衣服料子比着腿脚长短比着皮肤黑白，倒像多年姐妹淘，反而显得一旁的老板被排挤了，落寞地狠狠吃着西瓜，但他脸上浮着笑容。

这笑容一会就被打乱了。发廊里突然传出一个声音："阿兰，洗头。"老板娘回头看看墙上的钟，他们水果摊要收摊了，隔壁发廊生意开始，一下子，弄堂里非常安静，彼此有些尴尬，好在天空适时地打出一个雷，雨点同时落下来，打烊喽打烊喽！

我曾经很仔细地观察过那个叫阿兰的姑娘，我们保安叫她邓丽君，仔细看，脸型和嘴真有点像，而且，她喜欢唱歌，一边吃冰激凌一边还唱"我只在乎你"。路边的小流氓对她吹口哨使眼风，她不像其他几个噼里啪啦一串骂，她还是好心情地笑。后来和水果店混熟了，倒是老板娘有时还帮她出头，碰到保安一类的调戏她，老板娘山高水长地骂得保安一路逃窜，几个女孩子就在后面笑，那时候，她们就是天真的需要保护的好女孩。

好女孩还是出事了。晚上回家，救护车从小区门口开走，我还没问，保安已经回答，邓丽君。我问怎么回事，保安指指对面水果摊，水果摊已经收摊，门口站着一些人。我不好意思再问，想着我们家阿姨一定知道，而且，好像本也一目了然：水果老板和邓丽君出状况了，然后水果老板娘就开杀戒。

但我们家阿姨的版本却一点爱恨情仇没有，老板进货回家，发现六岁的儿子一个人看摊，老婆放着生意不做，却在"下三滥"的地方打牌，而且，旁边还有一个"垃圾瘪三紧紧挨着我老婆坐着"，怪只怪天气太热，烧得人脾气火旺，后来事情我们阿姨讲不清楚，总之，老板娘跌破一小块头皮，阿兰流了很多血，因为握住了一把水果刀，但性命不要紧。

水果店关了两天又开了，阿兰也回到了发廊，就是手上缠着雪白纱布。但那几个女孩不再到外面乘凉，上海是天天高温，天天午后一场大雷雨，雷声大，雨点大，弄堂排水系统不好，一会就积了水，每次我蹚着水接儿子从幼儿园回来，隔着玻璃门，总看到她们空洞地在看雨，每次，我都会想到雷蒙德·卡佛的一篇小说名字，这么多水离家这么近。

秋日正午

很久没有看见街上围观的人群了。读书时候，语文课上到鲁迅的《药》，老师痛心疾首："麻木的看客！麻木！看客！"然后，他指着我们的鼻子，更加痛心疾首："现在，鲁迅死了五十年了，你们中间还有人喜欢做看客！小小年纪不学好，中国完了。"老师是北京大学毕业的，常年怀才不遇的样子，常年是怒我们不争的神情。

让老师一说，街上看到有人打架了，有时就熬住，不去做麻木的看客。然而在二十世纪八十年代，电影少，盗版没有，香港电视连续剧也不是常常有得看，街头的混战，就是《霍元甲》前传和《上海滩》的续集；而且一般情况，劝架的人最后也会卷入战斗，要叫年少的我们不围观实在是灵肉考验。

不过，等到大家都自给自足以后，街上围观的事情变得百年一遇了。因此，中午出门，看到宜山路上里里外外围了约三层人，血液马上沸腾起来，觉得今天实在是走运的。想也没想，拔腿就往人群里挤。

不看不知道呀，一男一女正撕扯在一起，有"热心公益"的人在周边现场解说，一个是发廊小姐，一个是发廊顾客，格种事体，大家有数咯呀！然而，还是有人不心领神会，追问着，到底啥事体？于是有中年女性回答他：问也勿要问，肯定是男的有问题！马上就有男青年在人群中反驳：难讲难讲，现在小姐老野蛮的。一男一女斗在一起，我扫了眼人群，全是渴望事态升级的眼神，更有一小男孩，四五岁模样，挤在最前沿，一边还撒着尿，这尿也是一段、一段撒出来，发廊女尖叫一声，尿就停住，再叫，再停住。

秋日正午，太阳暖洋洋，路边有桂花若有若无地香着，76路公交车开过，司机猛的一个刹车，有两个乘客下来，加入围观的人群，我苦于下午要参加政治学习，只好搭轻轨挥别庞大的人群。这个时候，我觉得自己真有抒情的冲动，美好的社会主义记忆涌上心头，我们曾经多么紧密地站在一起，一起麻木，一起兴奋。

冬日爱情

小区里有五个保安，其中两个特别要好，黄昏时候，他们手把手地来上班，一个四十岁，一个三十岁，都是昂藏七尺，迎头看到，多少有些叫人吃惊，但他们却跳集体舞似的，一起欢快地说："降温了！"

降温就是把手的理由吗？也可以吧！圣诞过了，叶子却黄黄的还都在树上，风吹过，簌簌挈挈地往下飞，一片拖着一片，让人想起泰戈尔的诗："他默默地，不露行迹，叹一声就将她俘获。"冬天的空气里于是有一种特别的情意。流鼻涕的小孩，声嘶力竭地在楼下喊："小宝下来玩！小宝下来玩！"说出最后一个"玩"，他赶紧吸一下鼻子，鼻涕就又回上去。但那叫小宝的孩子，半个身子探出三楼阳台，也声嘶力竭："大风你上来！大风你上来！"

我走出小区很远了，还听见他们一来一回地在喊，五六岁的孩子，已经知道求不得苦。所以，路边看到年轻恋人互相给对方喂羊肉串，就有些为他们操心，电影看多了，全家照以后总有危机出现，再暖再暖最后总有一些寒冷日子。

大概人也知道最靠不住的是自己吧，所以年底爱情大评选，当选第一名的不再是以往那些深情包二奶的贪官，而是一头母猪。事情是这样的：福建三明沙县一头母猪，越过重重障碍，飞奔撞伤了屠夫谢老汉，抢救下已在案板上待宰的公猪。事后谢老汉把母猪主人告上法庭，法院调解下来，母猪主人赔了老汉八百元医疗费。网上有很多年轻恋人深受感动，跟帖多多，诸如：桃花潭水深千尺，不及母猪救夫情！但使龙城母猪在，不教屠夫度阴山！

好事者去采访母猪，母猪当然什么也不会说，好事者就说，莫愁前路无知己，天下谁人不识君。可怜肇事的母猪从此被主人牢牢关在猪圈里，并不知道自己已经名满天下。我看了很多关于这头粉红猪的跟帖，很快发现，恋人们如此拥戴它，两个关键词，一是纯粹，二是永远。母猪救公猪，动机很纯粹，而且，永远不可能后悔，永远不会修改当时的冲动。

跟着母猪屈居第二位的是《色·戒》里的王佳芝，因为她的动机不如母猪纯粹。

上海没有过去时

　　上海是个喜欢讲来历的地方。在越友酒家刚坐下，侍者会赏赐般地过来轻描淡写道："上次白先勇来也是坐的这个位置，他到了我们饭店门口，才知道来的是自己家。"于是这一顿饭就吃得格外有价值，竟是白先勇旧居，宾主尽欢。去城隍庙吃蟹粉小笼，队伍排出店门口，加上寒风加上细雨，但没人罢休的，因为克林顿（Bill Clinton）一家子刚来品尝过，听说还有一群外国尼姑也说好吃。在襄阳路服饰市场买冒牌的 Polo 衫，讨价还价把小店主弄得着急了，他嘀咕一句："你不要算了，上次周星驰一口气买了十件。"客人不太相信，但还是马上买了下来。

　　上海人的来历，堂皇里带着家常，这和北京不同，乾隆皇帝的龙椅和格格们的闺房毕竟遥远又尊贵了点，听上去跟神话也差不多。但是上海传奇里的主人公都还近在眼前，张爱玲的故居还活着，还有人在她写《倾城之恋》的书房里写字，听市声；虹口一带的老上海人喜欢不经意地说一句："我小时候上学总要经过鲁迅家……"他们舌尖的这些时光和人物翻个身又回来了，叫人想起伍迪·艾伦拍《无线电时代》（*Radio Days*）时放在摄影机前面的那块琥珀色过滤镜，镜头扫过，逝去岁月又暖融融地苏醒了。

所以，"一九三一"也好，"时光倒流"也好，上海的很多咖啡馆虽然都是颇让学术界来劲的怀旧个案，但是对于上海和上海人，一九三一从来不曾真正流逝，周璇妹妹的声音，阮玲玉的弯弯笑靥和湿湿眼神从来就没有从生活中真正撤退过。环境不允许的时候，上海人还会借着王晓棠这样的女特务过把瘾。而上海从来都是携着过去上路的，上海人推开窗子，左边弄堂住过徐志摩，右边客厅招待过林立果，不远处，有个外国赤佬叫沙逊的在那里发家……现在的上海人就住在这些岁月这些人中间，上海没有过去时，上海时间是缠绕的迷宫，收在月光宝盒里，你可以随便回去。

不相信，去"新天地"看看。经过改造的老石库门如今是上海滩上最热闹的酒吧村落。被打了防腐剂的石库门墙壁大约可以再活一个世纪，包括其中的中共一大会址纪念馆。上海人似乎并不惊讶上海的变迁，不管是回到上世纪，还是赶到下世纪，他们都接受，反正，红也上海，绿也上海。

抵死缠绵

　　忽然就秋天了。下午去买菜，走出大楼时觉得一件衬衣不够了，看门的老头大概也穿少了，在一块日头里晒着，跟一旁的梧桐树像哥俩似的。楼里的水电工倚着大门在吸烟，烟灰掉下来，开电梯的女人跑过去帮他掸掉；烟灰又掉下来，女人又跑过去，帮他掸掉。

　　水电工是苏北来的，开电梯的女人也是苏北来的；但是水电工年轻，长得也不错，电梯女人却有四十了，虽然修饰得还算可以，但毕竟是被生活折腾了半辈子的脸。她一定是有点喜欢这个小伙子的，常常见她从家里带菜给他吃，看着他的眼神也是掩不住的欢喜。有一次，他们并排坐在门口，水电工的衣服大概被洗衣机洗得起球了，那电梯女人就一个一个地在帮他扯掉那些小毛球。他看着报纸，她扯着毛球，也像夫妻，也像母子，楼道里静悄悄的，空气里说不出的家常和痴迷。

我是个昏人，见了这样的景象就觉得又感动又悲哀。虽然电梯女人大概从来没有看过《红楼梦》，或者弗朗索瓦·特吕弗（Francois Truffaut）的《阿黛尔·雨果的故事》（L'Histoire d'Ade'le H.），不知道龄官画蔷的断肠处，也无从体会阿黛尔·雨果的蚀骨激情，但是她的举动却一样痴憨，在她那样的年龄，于那样单调的人生中。可能没有人，包括她自己，会发现她四十岁的爱情。日子飞快流逝，她很快会退休，坐在八十岁的夕阳里，她也许会隐约想起当年的一段电梯生涯。

写这些，其实是想说，上海纵有千般不是，到底暗涛汹涌着很多故事。这样的两个人，在苏北可能一辈子都不会谋面，即使碰着了，也不会一个去帮另一个扯毛球；但是在上海，他们碰着了，坐在一起，一个看另一个吸烟。中午时候北方的一个朋友打电话来聊天，莫名其妙又把上海讽刺一番，说上海人耽于小节不能成英雄，出不了豪杰的地方也出不了史诗。我唯唯诺诺全部应承下来，心里却很有点不舒服。

穿过小路去菜场，看路边的打工男女在抵死缠绵，觉得上海还是好地方。北方的马路和情调都太阔气，抹掉了故事的背景。

四大金刚

四大金刚，名字听着怪吓人的，其实是从前普通上海人的四样早点：大饼、油条、糍饭团和豆浆。小时候，上学去的时候，父母给一毛钱，走到大饼摊前还盘算半天，如果买咸大饼加油条，那就是六分钱，剩下的四分钱中午可以买棒冰；如果是油条加甜大饼，那就得七分钱，多余的三分钱买不了棒冰了。不过，那是二十年前的事了，现在的孩子只认识肯德基老头和麦当劳叔叔。

路边的大饼油条摊已经被这个城市逼走了。从前，看退休的老人笃悠悠在路边谈天，喝豆浆，完了以后用一根筷子，串起几根刚炸出来的油条，心满意足地给一家大小带回去，觉得生活是生活，岁月是岁月。现在是见不着这些老人了。不过，你要想吃大饼油条倒也不难，五星级的宾馆也还是有得吃的，另有穿高衩旗袍的小姐在一旁服侍你，让你觉得你吃的是古董大饼和古董油条。当然，还有大大小小真真假假的永和店在不断开张，听说一个叫日清红的公司要推出覆盖全市的连锁早餐店，准备三年内开到两千家，让所有的上海人一出门就能买到油条，好像是四大金刚又要回来了，但我担心那都是些留过洋、白领化的大饼油条了。

真的，平民的四大金刚已经成了小白领的流行心理测试题，专为恋爱中的女孩子设计的："四大金刚最喜欢哪样？"你要是喜欢大饼，说明你做人实惠本分，因为大饼样子难看，但最容易填饱肚子；喜欢油条，说明你追求时髦，随波逐流，因为火热滚烫才是油条的特点；喜欢豆浆的女孩子是最讨人喜欢的，说明你不计较对方的积蓄，注重其内在的质量，理由是豆浆便宜，但有营养；喜欢糍饭，说明你这个人太"作"，因为吃糍饭必须吃一口捏一把，即便是吃到最后一口，也还要把个饭团再捏捏紧，谁娶了这样的女孩做老婆，那真是死定了。

爱吃糍饭的上海女孩肯定是人才济济，所以，小品中的上海男人长期来被塑造成妻管严，在家里烧饭拖地洗衣服。当然，现在一切都在变，上海男人从里弄生产组走出来，成为 John 或者 Max，不再是传统中的小男人了。都变了，也没法不让四大金刚变。

上海人的铜钿观

    偶然看到谢其章先生的一篇文章，题目是《张爱玲为什么和〈万象〉闹翻?》，细细读来，原来是铜钿问题。一九四四年一月起，张爱玲的《连环套》在《万象》上连载，六期以后，却戛然而止。时人猜测纷纭，不少人怪傅雷的"酷评"——"《连环套》逃不过刚下地就夭折的命运"——断了《连环套》的后路。谢先生文史钩沉，从一本叫《语林》的老杂志里打捞出当时公案。

    事关稿费。当年《万象》老板平襟亚声言张爱玲因《连环套》多拿了杂志社国币一千，张爱玲则在《不得不说的废话》里更正说，当年平老板在小说还未起头刊载的时候当面交了张二千元支票，她则坚持每月拿，所以平老板另开了一张一千元支票。但是不知为何《万象》账簿登记的是张爱玲收下了两千。谢先生更推算了当时的通货膨胀形势，计算出张爱玲在一九四四年七月的稿酬"千元"其实已不到一月的三分之一，所以他的结论是张爱玲可能是因为"加薪"的要求未被答应而与《万象》闹翻的。

历史到底没小说那么好看。以前听张爱玲在散文中谈钱说钞只觉大俗大雅，仿佛她喜欢钱是给了钱荣誉。她说"我们（她和苏青）都是非常明显地有着世俗的进取心，对于钱，比一般文人要爽直得多"，也只觉得她是避名士派之嫌，故意如此。但是随着自己越来越世故，在上海生活的时间也越来越长，慢慢地倒觉得张爱玲说的是大实话，是一个二十四岁、热爱打扮、热爱出名、热爱甜食、热爱上海的女孩的话。

《北京文学》上经常可以看到上海人的洋相，诸如为了一毛钱，两个上海人吵到嗓子哑；问上海人借钱，肯定他昨天刚买了彩电，等等等等。但是，上海人的铜钿观却不能一味丑化。上海人虽然有锱铢必较的一面，却也绝不占你便宜。《哈姆雷特》里，波洛涅斯送自己的儿子远行法国时，叮嘱的是："不要向人借钱，也不要借给人钱；借给人钱，往往人财两空，向人借钱，会使你忘了节俭。"就此而言，上海人在金钱上倒是很合波洛涅斯的脾胃，带着点早期商人的谨慎和认真。回到张爱玲和平襟亚的官司，我由此很愿意相信张爱玲的记忆，当时"讲好了每月一千元，还是每月拿罢，不然寅年吃了卯年粮，使我很担心"。这是上海人的金钱态度，张爱玲喜欢的。

小姐不可以乱叫

北京的朋友到上海来，说上海人的服务态度真好，对小姐发脾气，小姐总笑笑说对不起。要在北京，你叫服务员一声"小姐"，她一声大吼，先会要了你的命："你叫谁小姐！你丫才是小姐！"在北京，你不可以随便叫人小姐，那招误会。

有个北京朋友到上海来，我们请他吃饭，吃到一半，老婆长途电话追到了上海饭桌上，正说着，席间有人大喊一声："小姐，过来。"只听北京朋友赶紧在电话里跟老婆解释："他们说的是服务员啊。"

上海人到北京去，经常受一些闲气回来。去买两根油条，北京人横上海人一眼，说："两根不卖，半斤起卖。"北京人的重量、数量单位基本上是上海人的十倍。上海人说来六瓶啤酒，北京人说"上六打"。在上海问路，你被告知：有点远，得十分钟，过两个路口。一般说来那要不了十分钟。可在北京，你问路的结果总是这样的：不远，五百米。那五百米够你走上一小时。陈平原老师说，北京有家商店，门上赫然写着：我们决不打骂顾客。上海人看了，哆嗦一下，快步走开。

北京人说话干事都图个气势，装修房子，客厅门口如果不搞挂瀑布，就搞个小桥流水，不弄得层峦叠嶂，也要玩个湖光潋滟，那是大手笔，上海人看了都叹为观止，但绝不模仿。上海人装修房子，喜欢玩黑白版的洛可可风格，每一个细部都照顾到，包括老婆放唇膏的地方。

北京人是大爷脾气，什么东西都不耐烦学到底。上海人可以把酒吧搞得跟巴黎纽约没什么两样，北京人却不高兴如此亦步亦趋，他们也玩酒吧，却是风光独特的：酒吧里横七竖八的一些宁式床，泡着些烟民似的北京人。有人说：那真是颓废，上海比不上，上海颓废里有太多"秀"的成分，上海人就怕被人说"不像纽约"。北京人不在乎这些，可能是因为北京什么都懒得认真学，所以北京生产着当代的主要文化人。

这两个城市之间的人群来来往往，彼此的差别却越来越大。

第三辑

甜过初恋

　　纽约哥大地铁站，一个看上去有两百岁的老太太走进车厢，我忙站起来给她让座，她却摇摇头示意不用，并且高贵地耸了耸肩膀。我便敬畏地瞻仰了一下她，发现她的帽子上绣了一行字，意思是：我内心住着一个娼妓。

　　我确认了一下，没看错。啊，纽约还真是有点藏龙卧虎的意思。不过回家上网，看到微博上一张照片，我们中国一大妈卖橘子，广告词是：甜过初恋。照花前后镜，美国老太其实纯情，中国大妈其实务实，不过，在两百岁这样的年纪，内心住越多娼妓，身心就越感孤独。相比之下，兜售初恋的中国大妈不仅勘破浪漫，还能幽他一默。这幽默的力量来自哪里？滚滚红尘。

　　萨宾娜常问我，中国最迷人的地方在哪里？每次，我都毫不犹豫地回答她：红尘滚滚。萨宾娜说，红尘，就算你待的波士顿不够滚，纽约也不滚滚吗？不想太伤萨宾娜的心，我问她，纽约街头有盗版有骗子有娼妓，纽约地摊有卖窃听器跟踪器吗？纽约街头有卖男朋友吗？纽约牧师和修女在一起天桥卖艺吗？萨宾娜撇撇嘴，嗨，你这不是比坏吗！

我看看萨宾娜，告诉她，这个不叫比坏，这个就是滚滚红尘。知道我最不喜欢美国哪一点吗？虚头巴脑。美国立法立到私人厕所，但有一半的法律却以真实的人生为代价。中国大学生在迪士尼实习，看到漂亮的小男孩，用中国人最常见的方式，亲了一下金发小孩，结果啧啧，男大学生被告猥亵罪。大李在实验室工作，一天到晚解剖小白鼠小兔子，他说，他的美国同事喜欢一边解剖，一边问他：李，听说你们中国人吃狗肉，真的吗？大李就会很冷静地告诉他，是的，我们吃狗肉，狗肉好吃啊，不过你那只狗不会太好吃。这样，他的美国同事就崩溃了。

大李最喜欢调戏美国人的动物态度，有一次，他还煞有介事地在小组会议上提出，这些可怜的小白兔小白鼠，是不是也请牧师给它们超度一下？美国同事当真了。前几天感恩节聚餐，大李的美国朋友端出火鸡，大李更是神色仓皇地说：啊，我不吃火鸡，我们老家拿火鸡当祖宗一样尊敬的，比你们的狗还宝贝呢。大李在饭桌上向我们描述美国朋友的脸色，一边啃火鸡腿，一边大笑：嘿嘿，要说天真，美国人真是天真的。所以段子里都说，美国罪犯在监狱里碰到中国罪犯，立马就有了学海无涯江湖无垠之感。

说到底，如果美国的法律真能把美国人管得五讲四美，那我们也服气，但现在的状态是，美国人其实也乱穿马路，美国人其实也乱搞男女关系，美国人也一团乱麻，但他们一边自己受制于条条框框，一边还拿着自己都左支右绌的条条框框满世界管人，搞得法律和人情脱节不算，还非要把自己的价值观，包括想象力推销成全世界的价值观和想象力，弄得电影不燃烧几辆车就不是电影，总统不把民主挂在嘴上就仿佛资产阶级还没掌权似的。

看萨宾娜越来越生气，我收口说：你们呢，好得不够，坏得也不彻底。萨宾娜很不爽，剑走偏锋：那你们国家同性恋境遇怎样？

我喜欢萨宾娜恼羞成怒的样子，便把她往深渊里再推一下：那我讲俩故事你听吧。

第一个，是你们国家的。牧师和教士在酒吧，一个年轻人来搭讪牧师，牧师有点尴尬，就暗示教士解围。教士不慌不忙，对年轻人耳语一句，年轻人就告退。牧师问他说了什么，教士答："我告诉他我们在度蜜月。"

第二个呢，是我们国家的，是最近当红的微博小说，就十个字："贼尼！竟敢跟贫道抢方丈！"

萨宾娜说你什么意思，我说，没什么，我比较喜欢热烈的敞亮的人生，就算坏，也是自己的。

哈佛讲堂里的狗

　　来哈佛前，多少对哈佛有些迷思，帝国最大牌的学府，世界超一流的排名，再加上，国内今天叫卖"哈佛教授"，明天兜售"哈佛女孩"，搞得对哈佛没感觉就不是地球人。

　　我跟单位领导辞行的时候，领导也殷切寄语，我心头一热，几乎要说出"我会珍惜机会，回来报效祖国"这样的话。

　　开始的时候，真还有点珍惜机会。费正清中心早场，就朝费正清赶。卡朋特中心夜场，就往卡朋特走。人生地不熟，走错地方，还听过DNA讲座，两耳一抹黑坐在台下，就听后面窃窃私语说，中间那个是得诺贝尔奖的镇系之宝。于是我就有点种瓜得豆的惊喜，嘿嘿，好歹看到一个攀登到科学最高峰的主，而且，啧，长得还有点帅！

当然，人头马很多时候并不帅，混到哈佛第一排，那得熬多少夜！初秋的时候，我去哈佛人文中心参加一个讲座，门口站一黑不溜秋、个子矮小的印度人，热情地招呼我们用讲座午餐。我看看吃的东西东不东，西不西，想着大概是这个印度人送来的印度餐。然后讲座开始，这个印度人走上台，我才知道，他就是已经不需要介绍的霍米·巴巴（Homi Bhabha）。

霍米·巴巴的头像其实到处见到，但是看到真人还是不一样。这个倒可算是哈佛风格，很多会议很多讲演听下来，我越来越明确意识到，那个在无数普罗大众心中的哈佛，和真实的哈佛距离大了去。就像我后来好多次听霍米·巴巴主持的讲座，我打赌，其中至少有一大半，是学院政治的一部分，是兄弟院校，七姑八婆的串门，每次，霍米·巴巴也多少有点草率地宣布，好吧，今天就到这儿。

这些讲演建立了哈佛的名声，学校布告栏里全是讲座信息，一天有一百场名人秀在发生。跟朋友讲起哈佛秀场之多，朋友常常艳羡，可是，有一次，也是在人文中心，我刚坐下，旁边一斯文男人也落座，然后他的狗就落座在我们中间。那天德国教授说的是诗，我一句没听进去，心思全被一旁的狗给占了，倒不是我喜欢狗，我一直在想，妈的，这狗听过一千次讲座了吧，看上去简直有点人文理想了。回来跟朋友说起哈佛讲堂里的狗，他哈哈一笑，说，怪不得全世界有头有脸有钱的都能到哈佛拿证书。

哈佛真的是一所奇怪的大学，这里有全世界最好的图书馆，啊，赞美哈佛图书馆，这几乎是这个国家最高尚最贵族最未来最激动人心的表达，只有在哈佛图书馆，"最高学府"这个概念变得特别具体，也只有在哈佛图书馆，一个哈佛学生有用不尽的骄傲资本。其余，那些数不尽的讲座，世界各地的精英，最终的意思，是意底牢结（ideology）。类似游客到哈佛，都要去哈佛像前照相。

约翰·哈佛的左脚已经被摸得铮亮，尽管这个铜像其实并不是哈佛本人，但这个没什么要紧，就像我们谁都没见过财神。所以，有时候我想，那个和我们一起坐在人文中心听课的狗，在本质上，和我们这些游方僧一样的访问学者没什么两样，而哈佛，说到底，也就是一个大庙。灵不灵，全看你信不信。

把浴缸的塞子拔掉

记者去采访精神科权威。权威说："我曾给患者出过这样一道题，我问他们，浴缸里装满了水，想把水弄出来，是用勺快，还是用盆快?"记者插嘴说："正常的人会用盆是吗?"权威看了一眼记者，说："正常的人会把浴缸的塞子拔掉。"

在美国待了五个月，终于看到有人出来，拔了一下美国的塞子。这人叫伊森·沃特斯（Ethan Watters），是美国的新闻记者和自由撰稿人。他的新著《像我们一样疯狂》（*Crazy Like Us：The Globalization of the American Psyche*），让用勺子和用脸盆舀水的人难堪了。

书中，沃特斯用了四个案例。案例都很常见，但结论却不寻常。第一个案例，一九九四年，香港有个十四岁女孩死于消瘦，很快，记者通过 Google，为女孩之死下结论为 "anorexia nervo-sa"，即神经性厌食。而就在这个美国名词传播开来以后，香港的 "神经性厌食" 人数激增。各种对抗 "神经性厌食" 的活动越多，厌食人数反而越多。同一个法则，海啸过后的斯里兰卡，由 NGO（非政府组织）引入的 "创伤后应激障碍" 被用来到处辅导灾民，使得当地人承受了更可怕也更漫长的折磨，相比之下，斯里兰卡的孩子因为还没有能力理解这些美式名词，很快克服了创伤。此外，沃特斯也描述了 "精神分裂症" 这个名词如何进入桑给巴尔。

表面上，美国的新名词由各类权威机构发布，有的还披着宗教的外衣，仿佛既是大善事，也是高科技，但实际的效果是，杀生无数。沃特斯的最后一个例子，是葛兰素史克公司（GSK）把新的抑郁症概念引入日本，一夜之间，令整个日本脑垂体下降。之前，日本只对需要住院治疗的抑郁症有定义，现在经过 GSK 公司的大力营销，人人有了得抑郁症的前途。

精神病全球化，是美国全球攻略一部分。不过，就像发动战争的国家，常常会在本土造成最大的伤害一样，美国发明了最多的名词，也是名词综合征人群最大的国家。基本上，我遇到的美国人，没有一个是自认完全健康的，而且，他们都神神道道的，一般的毛病还不屑于生，这个有 "蓝色幽闭"，那个有 "月桂过敏"，听上去蛮诗情画意的，不过要是我外婆听到，肯定骂：送到穷乡僻壤生活三个月，看看还有没有毛病。

我相信这些浪浪漫漫的毛病在前现代，都没有。就像美国的性骚扰，规定到暗示级别，活生生葬送了一个国家活泼泼的感情。两周前，我去哈佛医院看风疹，回来跟萨宾娜说起，她就马上很警惕地提醒我，医生给你检查的时候，有女护士在场吗？

　　我看看她，万一，女护士是同性恋呢？在这个名词泛滥的世界上，原来不过是同性情义，现在都被理解成同性恋。插一句，同性恋很正常，不过，中国的同性恋人口，多少也有"被名词"的水分。原来不过是心情有点低落，现在得看精神病门诊。原来不过是近视，是弱听，是头发少点，精神差点，脸色黄点，个子矮点，现在全部成了匮乏症，需要吃从 A 到 Z 各种药品。原来不过是爱清静，爱糖果，爱动物，爱打扮，爱恋爱，现在全部成了饱和症，需要吃从 Z 到 A 的各种药品。像萨宾娜的同屋，每天早十颗药，晚十颗药，而这些药，都得辛苦打工才买得起。

　　当然，如果美国人只是自己家里弄点药吃吃，我们没意见，可现在，他们的药店都开到我们门下，这跟鸦片输出没什么两样了。不知有关方面有没有一些措施，否则，我们早晚都得跟美国一样疯。摇头兔的故事，大家都还记得吧！

　　兔子在森林里跑，看到大象抽大麻，说：不要糟蹋自己的身体了，和我一起跑吧！于是大象跟着一起跑。一路跑，一路它们招呼上了用海洛因的狼，用兴奋剂的猴，最后它们看到狮子正在给自己注射，兔子又热情地招呼：和我们一起跑吧！狮子一听，气不打一处来："小兔崽子，每次吃完摇头丸，就闹得整个森林不得安宁。"

不过，当下的现实是，其实美国人自己也知道，他们是吃了摇头丸才跑成这样的，《广告狂人》已经播到第四季，从第一季第一集大家就知道了，如果把香烟广告做成"IT'S TOASTED"（这是烘焙过的），那么，《读者文摘》再怎么说吸烟有害健康，也不能阻挡烟草公司的发展了。概念！重要的是发明概念！作为美国偶像，"广告狂人"Don Draper（唐·德雷珀）从二〇〇七年走到今天，一路斩获无数粉丝，不仅二十世纪六十年代成为流金岁月，"像Don一样的男人"也成为男界新路标，这个魅力无限的男人当然不是靠外表靠服装风靡天南地北，顺风顺水走到广告界的大佬位置，他凭的，就是美式方程式：靠绝顶聪明让坏人坏事变成酷人酷事，最后还能以宗教般的大智慧收拾良心，全身而退。第四季播到最后，《纽约时报》（*New York Times*）刊登了Don的一封信，题目是"告别烟草"，信的内容是美国商人常见的忏悔格式：我们叫卖的产品，给人们带来的其实是疾病，是悲伤。我们知道它不好，但就是停不下来。现在，我们金盆洗手了。

武侠小说里，邪道高手也会这样金盆洗手，不过，金庸的读者都知道，历朝历代，想洗手的多了去了，但没有一个洗成功的。《剑雨》里，杨紫琼甚至把脸都给换了，但还是被逼着重出江湖。Don能成功吗？嘿嘿，他的这封刊登在《纽约时报》上的信，是以广告的形式发布的。

所以啊，吃惯摇头丸的美国人实在也是"我们停不下来了"。这个，倒也被无数的美剧证实了。《24 小时》一季又一季，杰克·鲍尔停下来过吗？他停不下来，我们观众也停不下来。所以，让自己感觉良好，或者让自己觉得我是对的，就是让全世界跟着摇跟着跑。这个方法论，美剧掌握了，美国也掌握了。而关于这个方法论，《广告狂人》的著名台词就是总结："广告，就是基于一个词，幸福。幸福，就是一辆新车的气息，是远离恐惧的自由，是十字路口的广告牌，告诉你，你正在做的，就是对的。"而这个"对"，就是 Don 这样的天才拍着脑袋想出无数的名词，才越来越对。基本上，美国，或者说广告狂人，就是要告诉我们：浴缸里的水，用盆舀出来，是对的，用勺舀出来，也是对的。

好在，世界还不是广告的天下。多几个伊森·沃特斯，美国的塞子也可以拔掉。

不再看到你

十二月的时候，网上还有人讨论，这个冬天，波士顿会不会是暖冬？当时好焦虑，觉得大老远跑到大东北，看不到一场雪，简直无颜回乡。

然后就哗啦啦落雪了，一场接一场，楼下的雪堆到窗口来，两米高，铲雪的时候，邻居最早说，啊，这样的大雪，十年未遇！隔了一周，邻居说，啊，二十年未遇！接着，啊，三十年未遇！昨天出门，他看到我，说，啊，我在波士顿住了五十年，今年雪最大。

跟国内的朋友报告这里的雪情，朋友很艳羡，说得超级罗曼蒂克：呀呀呀，找个男人和你一起雪里走，雪落在头上，纵使不能一辈子，如此也算白头偕老了。电话里，我马上回了她一个

"妈的"。

妈的，这辈子谁要再跟我说雪很美，我就跟谁急。脏兮兮的雪，两三米高，天天堆在家门口，如果谁要拍二战时期的冬天，这是最好的现场。或者，要拍个环境污染的广寒宫，也马上可以开机。茫茫脏雪，公共汽车永远不会出现，你在雪地里滑一跤，亲爱的，千万别掉眼泪，因为不会出现扶你一把的手，还有，你过马路的时候，要加倍小心，从前宽阔的马路已经是地道战的格局，路上飞驰的雪车根本看不到雪堆后的你，而且，你最好别穿白色的羽绒服，司机把你看成小雪堆，不是他的错。

旷日持久的波士顿大雪洗掉了我们关于雪的那点小情调，第一次，既在生理层面，也在心理层面，我感受到，美女一夜之间变怪兽。Farewell（再见），雪绒花，我希望以后不再看到你。

"不再看到你！"我在心里说完这句话，马上又觉得，怎么这句话如此熟悉，很多言情剧里，不都是这样，男对女，女对男，男对男，女对女，声嘶力竭大叫："希望不再看到你！"啊，怪不得我对朋友说"妈的"，朋友只是嘿嘿笑：你这个，典型美国综合征。

美国综合征？朋友提示我，别的不说，你看看美国对埃及的态度，跟你对波士顿大雪的态度有区别吗？

说起来好像是的。埃及没发生"革命"前，美国是呼唤埃及民主的，然后，"革命"来了，奥巴马的最初反应也还是热烈呼吁穆巴拉克让渡权力。可是雪下大以后，前副总统切尼就出来说，穆巴拉克是美国的好友与盟友，美国在公开场合要权衡言行，给穆巴拉克过多压力会起逆反作用。一言以蔽之，"穆巴拉克应该得到善待"。

现在，埃及"革命"如火如荼了，美国尴尬了，两害相比，他们宁愿穆巴拉克在台上，而不愿看到人民选出一个敌视美国的政府。美联社报道，奥巴马现在换脸了，他说："我认为穆斯林兄弟会只是埃及的一个派别。他们不代表埃及大多数。"

小雪变成了大雪，大雪变暴雪，埃及会不会变成伊朗？奥巴马心事浩茫连广宇啊。短短两个星期，奥巴马在媒体里反反复复的态度，也足以让我们看出，美国的民主价值观，其实是多么小资的玩意，跟我们过去对雪的想象完全一个格式。这方面，以色列总理内塔尼亚胡倒是说得很坦白，奥巴马，"幼稚"！

的确很幼稚。比如我，今天大太阳，滴答滴答融雪了，公共汽车又准时来了，一路到哈佛，我觉得雪景也还不错。"不再看到你"，好吧，我说过。奥巴马也说过的。

都怪你

男女散步，女不小心踩进水沟，一边娇嗔一边粉拳：都怪你都怪你！男一边安抚一边自责：都怪我都怪我。

小儿女调调，全世界小说电影里都这样，就算孩子看到，也知道这是花腔。不过，这种调调，现在繁殖了。《纽约时报》著名专栏作家托马斯·弗里德曼（Thomas L. Friedman）在一篇题为《中国、推特、20 岁的年轻人与金字塔》（"China，Twitter and 20-Year-Olds vs. the Pyramids"）的文章中，开宗明义提出：埃及动乱首先得怪中国。

我得承认，弗里德曼说的不是完全没有道理，再说，事物普遍联系，埃及动乱就算要和南极扯关系，也容易。可有意思的是，最近一两年，接二连三的，大事小情都"怪中国"了。比如，英国《金融时报》首席经济评论员马丁·沃尔夫就提出，欧美的金融危机，怪中国；美国的国会议员，援引高等学府的高等资料，义正词严提出，美国的失业率，怪中国。一直到今年，因为《虎妈战歌》挑起中美教育论战，就有神神道道的金发专家出来说，美国教育问题，怪中国。

呵呵，据说霍普金斯大学的卫生间有条提示随手关灯的公益标语：How would you feel if someone turned you on and then left? 这个标语，经中国英语第一人陆谷孙教授证实，是"下作话"，不过，因为双关，也就无伤大雅。

我想说的是，就算退一万步讲，革命和萧条，南极和北极，全部怪中国，那么，是谁"turn China on"的？再说了，男女走路，一个走到沟里，说"都怪你"是可以的，可那是蜜月时期。而欧美世界，从专家到议员，这样口径一致，这样图穷匕见，基本是"要求赔偿青春损失费"的二奶三奶调门了。

都怪你，都怪你，我的青春小鸟一去不回来！迪士尼公司也许可以据此做个动漫，哀怨的奥巴马喃喃唱着刀郎的歌词：都怪你那一天出现在我面前/把忧伤全都带走/我刚刚觉得似乎找到了幸福/可你却转身就走/看你长长的背影/像我长长的思念/给我过去的幸福/变成现在的痛苦/都怪你那一天出现在我面前……

其实，稍有点生活经验的人都知道，唱这种《都怪你》，没有用的。这方面，摩尔多瓦的经验真是值得学习啊。你看，八男八女十六个摩尔多瓦舞蹈家，在国际标准舞大赛中，用了中国的流行歌曲作配乐，一举拿下比赛亚军。

"十个男人，七个傻，八个呆，九个坏"，我们的口水歌，成全了一个标准舞亚军。嘿嘿，这个，怎么就没人怪我们呢。

当然，我不是说，咱们中国就不能让别人怪。在海外，说到道德底线，说到腐败贪污，美国人向我们飘来的目光，我们也只能硬生生承受下来。但与此同时，美国挺着个大肚子，说肚子里的孩子是我们的，欧洲指着自己的鱼尾纹，说那是我们惹下的风流债，而且，俩人还联手，在全世界煽风点火，怪中国，怪中国！这个时候，我们就应该大叫一声：去你妈的！

再不成，DNA 验一下，这孽债，八成还是鸦片战争的。

约夏·贝尔，又怎样

二〇〇七年，《华盛顿邮报》策划过一个社会实验。他们请全美最好最帅的小提琴手约夏·贝尔在华盛顿特区的一个人流量颇大的地铁站里，演奏巴赫的作品。四十五分钟的时间里，大约有两千人经过，但这位世界上最著名的小提琴手只挣了 7.17美金。

这个著名的实验经常被引用，但主题思想却小资到死：一生中，我们错过了多少美好的东西！

呵呵，错过了多少美好。隔了一个金融危机，美国人还会做这样的实验吗？春假的时候，我带着 Q 宝又去了一趟华盛顿，熙熙攘攘，特别亲切，因为没想到华盛顿也跟西湖一样拥挤；没啥花头的 D. C. 动物园，看个小蛇牛蛙，也要排队。后来在一个中国饭店用餐，老板娘一针见血，现在美国人也没钱出国旅游了，所以就华盛顿跑跑。是啊，再穷也能华盛顿跑跑，穷到连华盛顿也跑不了的时候，约夏·贝尔还有意义吗？

我不是特别清楚从什么时候开始，小资理想就润物细无声地渗入了我们这一代的教育。比如，我们的报纸爱宣传这样的故事：俄罗斯人，会把最后一个卢布花在玫瑰花或者普希金身上。高级点，故事就这样：星期天早上，魏尔伦出门给生病的妻子买药，没想到邂逅兰波，后者三言两语，说得魏尔伦连家都没回，就跟着兰波一起到比利时去了。

这些浪漫的故事，成了高于教科书的人生教育，至少对于我是这样，那些年，我们只读外国诗只看好莱坞，看不起劳动人民不说，跟父母的巨大代沟简直就是中美理想的不同。所以，看到《华盛顿邮报》的这个实验报道，那个眼熟！没错，对于约夏·贝尔，我们应该驻足，我们必须驻足，否则，嘿嘿。

可这是四年前。

美国人现在不这样说了。金融危机，财政赤字。一个星期前，我们收到校长的信，通知我们，从下个学期开始，音乐课取消了，艺术课取消了……

"金钱诚可贵，艺术价更高"的年代过去了，美国现在不鼓励修养了，而且，在中国被看成基本素质培养的课程，因了金融问题，也改了口径，成了奢侈教育。啊，让你的孩子多做点数学练习吧，让你的孩子多认点单词吧，让你的孩子像中国人一样学习吧，免得二十年以后，美国孩子为中国孩子打工。山水换颜，美国要回收他们在全世界开设的浪漫教程。对于美国，我想这是好的。这就像，两年前，张惠菁跟我们讲的一个事。她说，那时候她在伦敦大学读书，因为学校食堂员工的服务态度差，他们就给校报写信投诉，没想到，回信来了，很简短：你们自己去做做看！

重要的，重要的是，轮到自己和轮到别人的时候，得一张嘴说话。我只希望，当美国经济复苏的时候，《华盛顿邮报》不再策划这样的社会实验了。说到底，这种看上去意味深长的实验，除了说明艺术的巨大差价，能有多大意思。

而另一方面，我也深深希望，被美国催发的中国音乐艺术教育，可以跟着降降温了。夏天的晚上，即使所有的琴童都在弹奏巴赫，都弹得几乎接近约夏·贝尔，也没意思。

金发女郎

跟鹦鹉一样，金发女郎一直是笑话的主人公。

举个典型例子。一个金发女郎、一个黑发女郎和一个红发女郎触犯了法律，逃亡路上，她们躲进了一个麻袋仓库。眼看警察追上来，她们各自找了个麻袋躲起来。警察很快赶到。看到第一个麻袋，警察踢了踢。

"喵，喵——"红发女郎学猫叫。警察就走过去了。他转身踢了踢第二个麻袋。

"汪，汪——"黑发女郎学狗叫。警察也走过去了。他最后踢了踢第三个袋子。

"土豆，土豆——"金发女郎在里面叫。

这两天，加利福尼亚大学洛杉矶分校（UCLA）的一个金发女郎成了土豆，被天南地北的网友踢成番茄。这个叫华莱士的女生，上传了一段视频，讽刺亚洲学生家教差能力差，类似星期天让父母来做菜，图书馆打电话很喧哗。这个金发姑娘，打扮得很性感的样子，在视频里调侃日本学生打电话回家问灾情。所以，两天之内，网络上就出现了十多个回应华莱士的视频，讽刺她，调戏她，打击她，搞得 UCLA 的校方也只好出来表态，称华莱士的言论绝不代表 UCLA。

这个金发女郎，主修政治学，而且从她的个人表达看，应该很知道什么是政治正确，再加上，加州的亚裔，在美国应该算是最能得到"政治正确"对待的，因为加州的政治经济文化各方面构成中，亚裔力量都很强大，但即便如此，即便亚裔把 UCLA 解释成 You（U）see（C）lot（L）of Asians（A），这个金发女郎还是控制不住要叫阵这个学校百分之三十七的亚洲人口。

女郎现在道了歉，说，我也不知道自己为什么要这么做。不过我想，UCLA 也不是"克莱登大学"，华莱士小姐本来一定以为可以反唱一曲《虎妈战歌》，所以，三分钟视频里，她很注意对比中西家教，可惜，金发女郎毕竟是金发女郎啊，虽然日本的辐射云飘到了她家乡的上空，虽然美国对亚洲的敌意已经藏不住，可搞到后来，网上帮她说话的，还是一些亚洲人，而且说得也很软弱："这些坏习惯，我们亚洲人，的确有嘛！"

嘿嘿，"坏习惯"真不是这里的重点，如果纠结在这里，那大家都金发女郎了。很显然，这个修政治学的金发女郎还是低估了她同胞的政治能力：孩子，就算在泱泱美帝的好日子，这样说话也没人撑你！金发女郎悲摧呀，原来以为她这登高一嚷，至少会站出一千个金发男郎来挺她，再要是得到茶叶党什么人支持，那简直进入历史。可现在，惹得一身臊不说，毕业前景还黯淡，接下来大概也只能退学了断，因为据说她的小区已经因她蒙羞。

华莱士不能进入历史，不过，华莱士事件会进入历史，对于还以为站在世界之巅的美国人，这是一堂课。当然，反过来说，作为一个亚洲人，实在也一点没有什么可乐的，说到底，政治经济能为文化护航多久多远呢？

三宅一生

著名画家徐累在微博里写：朋友的儿子上艺术学院设计系三年级，说起考试中有名词解释题，其中要求解释"三宅一生"。有位同学的答案是这样的："有个人买了三处住宅，就此度过了他的一生。"

我觉得这孩子适合在美国生活，因为美国就是以这样的逻辑建构的。比如，买来的冷冻薄饼，制作说明一定包括如下几条：一、从冰箱里取出薄饼；二、把薄饼从盒子里取出，打开包装纸；三、注意，有芝士的一面朝上；等等等等。一言以蔽之，各种各样的说明文字，其逻辑前提是，用户都是傻瓜。

刚到美国的时候，给 Q 宝买内衣买外衣，有一次买的恐龙内衣，衣服上挂了一个牌子，上面写着人生箴言：应该穿比较紧的内衣，这样不太容易着火。天地良心，以我中国人的思维，马上对这样的表达进行禅宗式的思考，哎呀呀，这比较紧的内衣，指的是人生的戒律吗？记得当时觉得这个牌子的衣服还挺有意思，神神道道的。后来和萨宾娜喝咖啡的时候聊起，她哈哈笑我：哎呀，这有什么狗屁意思，紧身的衣服比宽松的衣服不那么容易碰到火，就这么简单。

后来越来越发现，在美国生活，千万不要用我们中国人下象棋下围棋的思维。他们永远只下一步棋，只干一件事。

到美国，像我们这种不会开车的，唯一的生存之道就是网购。也因为网购，美国快递的一步棋作风给我留下了深深的印象。一般情况下，快递员把东西扔在门口就行了，我觉得这样也很方便，可是碰到需要签收的，快递员要是按了门铃没人应答，转手就把东西给退回去，从来不说打个电话问一下。所以有一次，我接了 Q 宝放学回家，活生生就看着联邦快递车从我们家门口开走，从香港来的快递又被送回了香港，偶像剧里的台词在我心头翻滚：如果道歉有用，还要警察干吗？如果电话没用，要留三个号码在上面干吗？

不过话说回来，因为一步棋习惯，和美国人相处，真还不难，因为理论上，他们就是规章制度人。我们去迪士尼玩，有些项目对身高有要求，比如"木乃伊宫"过山车要求一米二二的身高，Q 宝第一次验身高的时候侥幸过关，玩得很爽，后来一圈玩下来，他想再去，我们就再去排队，可第二次验身高的时候，管理员突然发现他鞋底厚，说不行。他说不行就肯定不行的，这个，Q宝也很明白，在美国没有撒娇的余地。

尊重规则，说实在的，对我们中国人真的是有示范作用。燕京图书馆管理员，我们彼此其实都脸熟了，走在路上，也打招呼，不过每次进去，他还是让我出示证件。这个，我觉得也挺好。可有一次，坐哈佛免费班车到麻省理工学院（MIT），中途上来一个乘客，她很恳切地对司机说，拜托让我搭下车，我有急事，但没有哈佛证件。司机看看她，还是说了对不起。

那姑娘长得很美，我敢保证，这要是个中国司机，绝对没问题。而且，我也敢保证，碰到个中国记者，司机秉公拒绝美女这种新闻，绝对是好素材。改革开放以来，诸如此类的外国规矩人规矩事一直是我们的品德教材，可是，全车人看着姑娘黯然下车，没有一个对司机流露出一点点赞许。

啊，司机，生活是什么？三宅是一生，无宅也是一生，生活会赞美一点点弹性。这个，是犯罪电影在美国总是红火的原因吗？

哇啾啊天地娘

到美国一年，感觉自己的语言越来越乏味。本来，在中国，坐一趟巴士，听司机哥和售票姐说说话，马上就接了地气。一边呢，后座的两位大妈一定在以甜蜜的方式控诉自己的老公。

"介热个天，死人帮我买件羊绒衫！"

"羊绒衫总还好穿穿，偡阿哥海南岛出差，买串珍珠项链回来，当我小姑娘来。"

羊绒衫大妈和珍珠项链大妈会一直比下去，如果时间足够，你会知道她们这辈子所有的甜蜜。

下公交车，上地铁，地铁里乘客的平均年龄要比巴士小。一女一男，站在门边。

女问：为什么不想交往了？

男答：因为我爱上了寂寞。

这个时候，你要控制住情绪，因为接下来的台词会越来越"清新"。感谢上帝，我多么喜欢公交里的这些对话，有时叫你热血沸腾，有时让人起鸡皮疙瘩，但是，波士顿的公交里，没有人说话，安静得跟开追悼会似的，搞得我每次在车里接电话，朋友总是问，你在上课啊？

上课？上课还比公交热闹点。在波士顿住了快一年，虽然大家见面都貌似热乎，年纪稍大点的，还把 HONEY（亲爱的）挂嘴上，像我刚到哈佛那会，有一次感冒去诊所，老护士上来一声暖洋洋的 HONEY，简直好了我一半的病，但是，HONEY 长HONEY 短的一年下来，我听来听去，波士顿的日常对话，还就是天气冷天气好冷天气真冷。这个，反映的基本就是美国东岸的风土人情。

换句话说，在美东生活，有一百的词汇量就够了，因为这里的语言升级速度比缓慢还慢。我住在和坎布里奇相邻的贝尔蒙，经常去所谓的市中心的一个快餐店吃饭，遇到一张桌子吃的，有时也打招呼，几乎没有一次例外，笑容满面的胖大叔都会很热情地说，哇，从中国来！十年前，我在波士顿，遇到过的胖大叔们也都是这种语气，啊，从中国来！

一百年不变的哇噢啊，每次听到，我就控制不住政治很不正确地想，蛙人。我们来美国前，Q 宝的小朋友来看他，问道：

"你到了美国，会看到奥巴马吗？"Q宝："会，我会去参观白宫。"

可是在美国，政治交给精英，娱乐交给明星，老百姓只要学会感叹词就够了，一般情况下，打开电视，你听到最多的就是感叹词：哇！嗷！啊！天！地！娘！还有就是上帝！操蛋！久而久之，就像吃惯了汉堡，也就不会去想松露，如果靠感叹词就能生活，那还需要掌握那么多新名词吗？

好在呢，咱们草根的语言总在岁月里生长，你听听，同样说天气冷，街角的男女怎么对话——

男：我在寒风里溜溜等了一个多小时了！

女：那又怎么着？上回你跟二子他们去三里屯喝酒，我还在门口杵了仨多钟头呢！冻得我一脑袋的冰碴儿，跟水晶灯似的。

男：仨钟头，你活该！说起这事我就来气，我说你是学什么专业的？旁的本事没有，盯、关、跟的道行您倒是挺深，还一脑袋的冰碴水晶，我呸！不就是些冻成固体的鼻涕泡吗……

所以，对咱中国人来说，坚持草根性，就是坚持文化的先进性。为此，这一年我养成了早起头件事：微博。比如今早微博，记住三条。一是略萨到中国，出版和媒体闹了不开心，因为有些采访到了，有些没采访上。二是《百年孤独》前二十回有高人改了章回体，比如第一回叫"吉卜赛神人示异宝，马孔多新村显生机"，第二回是"由爱生怖长子出走，从父炼金次男入迷"。第三条是男小三婚礼抢走新郎，很多跟帖欢呼说："我又相信爱情了。"

又相信了！当然还是不相信，就像最近上海国际电影节竟然出现通宵排队，那不是电影迎来春天，它是真人动漫《明日之丈》的场子，一个山下智久比电影节的全部片单还吸引眼球。都知道，电影发展到今天，早 4D 了，电影院里 2D，电影院外 2D，更兼中国诗学崇尚功夫在诗外，所以银幕外的这个 2D 还更要紧些，比如《白蛇传说》宣传会要给记者发 iPAD。所谓弱智儿童欢乐多，低级电影票房好，大抵是这个原理。

同理呢，略萨在媒体造成的紧张绝对不会让他的书卖得紧张，而《百年孤独》变成章回体也不过是高手技痒，类似"一枝红杏出墙来"成为千古绝配。文学大师和大师之作，还能进入媒体，说到底，是媒体赏饭，嘿嘿，对于这个时代，就算唐僧亲自化缘到《白蛇传说》门口，他手上没有媒体，也绝对领不到一个 iPAD。

没有 iPAD，西天还是要去。满纸荒唐言里，我们靠谁指引？上海国际电影节，虽然口碑一直不是特别好，但这些年的努力还是有目共睹，那么多电影，早报说这个好看，晚报说那个值得，到底谁更靠谱些？

感谢民间影评人，我们终于有了草根的权威。本次国际电影节，在妖灵妖和木卫二等著名民间影评人的努力下，他们以民间行动的方式给历年不受重视的竞赛单元片子打分，比如，木卫二等十六人一起观看了贾樟柯监制韩杰导演的《Hello！树先生》影片，然后集体打出 6.8 分，并且公布在网络上。这个 6.8 分虽然只是个分数，但是，它比媒体大写特写的主演自称"我的表演超乎想象"，真实得多。此外，这批草根权威凭着网络，在豆瓣发起的上海电影节同城讨论帖，也非常有效地为无数影迷在 4D 世界里作出了最接近真理的指引。

很多年前，《大众电影》指导我们看片，后来是《文汇电影》，后来是《看电影》《新电影》，这些年，是草根影评人。常常，在影城大大小小的放映厅里，看到从南京赶来的著名影评人卫西谛，我就会觉得自己的选择是对的。而基本上，在出门去看一部电影之前，我也习惯了先上网搜一下这些民间影评人是否发过帖，看看图宾根木匠说了什么，看看大旗虎皮说了什么，对他们的打分，我们可以重新启用"相信"这个词。

当然，在一个影评人根本不受重视的年代，这样的民间行动依然包含着自娱自乐的意思。我现在还记得有一次一个制片人给我打电话，让我为某电视剧写点什么，我说，我不喜欢你那连续剧。制片人没有一丁点不高兴，热情鼓励："那你就骂，咱不怕骂。"放下电话，我都没力气骂 TMD，皇天后土，影评人连专业哭丧还不如啊。

不过，上海国际电影节的草根打分行动，让我看到，也许，凭着浩浩荡荡的哭丧队伍，民间影评人会让大腕俱乐部看到，我们竖起的中指，代表了人民的愿望。

可能性是零

到哈佛前，就听说哈佛有家革命书店，还有网友很激情地指出，革命书店的存在，就是美国民主的一个表达！

安顿下来以后在哈佛广场转悠，一圈，没找到，两圈，也没有。找了一个人问，不知道，再找一个人，也不知道。我心想，难道转入地下了？准备折回到贝克街的时候，一抬头，嘿，红色招牌的革命书店就在前头，只不过，从一楼给赶到了二楼，所以，街上走过都不会注意到。

革命书店从哈佛广场的最热闹处撤到广场的边缘，再从一楼搬到二楼，境况是相当萧瑟了。跟店里的志愿者聊起，他也很不乐观，并且直接地对着我问，在你们中国，还有人看毛泽东的文选吗？我没有现成的答案给他，所以我就低头看书。

他郑重推出鲍勃·阿瓦基安（Bob Avakian）。

一间房的小店，"中国文革"是关键词，更重要的，或者说，表明革命书店还不是旧书店的，就是鲍勃·阿瓦基安的书了。

鲍勃·阿瓦基安是美国革命共产党的主席，他的新书取名 *BAsics*，用了箴言录的方式，节录了鲍勃·阿瓦基安的很多演讲和观点。我买了一本看了半天，觉得鲍勃·阿瓦基安的文章远远不能跟毛泽东比，毛主席语录力量朴实有真理性质，鲍勃·阿瓦基安的表述方式则多少有些不接地气。社会革命在美国的可能性是多少，我们走到前面的哈佛校园里，听一下今年毕业典礼的校长演说就能感受到，可能性是零。

作为哈佛历史上第一任女校长，德鲁·吉尔平·福斯特（Drew G. Faust）在她任内的第一次毕业演讲，也就是二〇〇八年的演讲中，相当女性化地谈到了幸福问题，她说，常常，学生不厌其烦问的是："为什么我们当中这么多人去华尔街？"当时她的回答是：如果你不试着去做自己热爱的事情，不管是玩泥巴还是生物还是金融，如果连你自己都不去追求你认为最有价值的事，你终将后悔。

不过，时隔三年，校长收起了她的抒情，今年的演讲，完全是全球视野，校长口径媲美总统演说，她报出的百分比，无论是获得资助的学生比例，还是哈佛的世界影响，都显示出政绩的倾向。更意味深长的是，她很多次提到中国和中文，仿佛是给中国面子，其实是帮白宫发言，比如她谈到清华大学以哈佛桑德尔教授的《正义》一课为原型开设的道德伦理课，简直就是对这一年来在媒体上不断论争的中美教育比较的一次总结。一言以蔽之，哈佛，或者说，美国，还是世界上最好的地方。

所以，鲍勃·阿瓦基安在美国会有前途吗？据守一隅的革命书店最后不过沦为美国的一个"民主花絮"，嘻嘻，看，我们让各种言论存活。至于活不活得下去，自己想办法喽。

第四辑

你记不得了吗？你回忆一下

　　刚把热菜点好，一个朋友放下手机说，君特·格拉斯死了。我想起我外婆说的，清明前后总会被搜走几个人，但是没想到这次集中搜走了作家和诗人，托马斯·特朗斯特罗姆前脚刚走，格拉斯后脚就跟上去了。我写这篇文章的时候，拉丁美洲最忠诚的左派作家爱德华多·加莱亚诺也离开了。

　　说实话，如果不是这些死亡消息传来，这些作家也淡出当下的公众阅读了，因为读他们都很辛苦，我们也很少在生活中引用那些沉重的作品。不过，当我喝下一口雪碧的时候，我莫名其妙地想起了《铁皮鼓》中，奥斯卡在精神病院和玛丽亚再次见面时的一个场景：他像十六岁时候那样将汽水粉倒在玛丽亚手心，问她："你记不得了吗？你回忆一下！汽水粉！一小包三芬尼！回忆一下：车叶草味的，草莓味的，发酵，起泡沫，多美啊！还有感情，玛丽亚，感情！"但是玛丽亚记不得了，她甚至有点害怕奥斯卡，身子发抖，紧张地另找话题。不过奥斯卡却矢忠于汽水粉，只谈汽水粉，最后她匆匆告别，奥斯卡就放开嗓门，向她喊道："汽水粉，玛丽亚，回想一下吧！"

这是小说中有温度的一段，几乎还有点抒情，仿佛就要媲美普鲁斯特的玛德莱娜小点心，尤其奥斯卡说，"只要我还在呼吸，汽水粉就不会停止发酵泛沫"，如果，如果这个汽水粉不是用奥斯卡的唾沫发的酵。

汽水粉变成汽水，要加水，但奥斯卡的方式是，把汽水粉倒在玛丽亚的手心，然后直接吐口唾沫化开它。电影《铁皮鼓》表现这个段落时，倒也没有一点美化，导演施隆多夫甚至给了奥斯卡的大唾沫一个大特写，引起的视觉效果是令人有些恶心的。这个，是电影对原著的理解。但即便如此，格拉斯依然觉得电影跟他的小说没关系。对于一个"强悍的现实主义者"，格拉斯要求暴露出全部的真相。这个，用《甄嬛传》的台词，电影"真心做不到"。虽然电影只截取了小说的前面几个章节，但依然是一次过于庞杂过于迅疾的表达，而影像节奏的加快，就会让原著的人之恶像《猫和老鼠》中的动物之恶一样，变成一种天真。

不过，很多评论指出，电影《铁皮鼓》所塑造的奥斯卡比小说中的奥斯卡更深入人心，也有格拉斯的朋友同意，如果没有电影的推销，格拉斯的诺贝尔奖都可能是未知数。好像是对此类人间评论做最后的歼灭，格拉斯写下自传《剥洋葱》，他用很小的篇幅，回忆了当年参加纳粹党卫军的经历，但是，他自己也知道，这两页半的篇幅，会像唾沫一样，把他的过去像汽水粉一样发酵。

《剥洋葱》发表十年，这十年格拉斯承受了很多唾沫，不过，我想，在他离开人间的时候，他可以像精神病院的奥斯卡一样固执又自由，而我们，在他这句抒情的追问面前，"你记不得了吗？你回忆一下"，是不是也会像玛丽亚一样落荒而逃呢？

老欧洲

　　一直非常喜欢亨利·詹姆斯的小说，通过男女相遇故事，润物细无声地表现欧洲和美洲的碰撞。世故的老欧洲，天真的新美洲，一个拖着悠久高贵的历史和文艺腔，一个带着新鲜激情的金钱以及荷尔蒙，前者精致繁复却虚伪，后者率真勇敢但粗糙，两情相遇，各取所需，好像彼此都触动了对方，不过最后，欧洲还是那个老欧洲。

　　七月份，去了趟意大利，感受了一下老欧洲。詹姆斯写作《阿斯彭文稿》的威尼斯，济慈生命最后岁月眺望过的罗马，但丁路遇贝特丽契的翡冷翠，意大利到处是典故，随便一个茶馆就是拜伦喝过茶的，随便一个咖啡馆就是缪塞风流过的，搞得我在狭长的"希腊咖啡馆"排队上厕所，对门口的厕所管理员都有点敬畏，在他的目光下，一整支欧洲文艺队伍清洗过他们如厕后的手吧。

但是，就像拜伦诗歌说的，这个地方，"命运的星辰已经黯淡"，拥有最辉煌历史的意大利，今天看看，比从前更世故，比过去更腐朽。

我们一行八人，在意大利待了十来天，所到之处，饭店也好，商场也好，只要事关买卖，意大利人都会很踊跃地对我们说"你好"或"谢谢"，他们的发音是那么标准，不像美国人说"你好"，常带着浓重的英文腔，意大利商人锱铢必较的品质，正面体现在他们的发音上。但是，安东尼奥是怎么骂夏洛克的来着？

不能相信威尼斯商人的善意啊！出租到站，他们灿烂一笑，十欧的车费变成十五欧。刚朵拉到站，六十欧变成一百二十欧，噢噢噢，蓝天下的刚朵拉船夫，还是当年历史学家西蒙兹钟情过的后代吗？所以啊，千万不要因为意大利美女美男跟你瞄发瞄发，你的心就融化了，他们唱歌给你听，绝对不是他们好客，他们跟你说"你好，谢谢"，也绝对不是他们热情，他们很知道自己的美貌，也知道运用自己的美貌，而这美貌的内核，是没有心的。到最后，连我们这群人中最好色的袁领导也看破红尘，说了句：他们就是惦记我们的钱啊。袁领导前后问过十多次路，每次，都被乱点了方向。在他们灿烂的罗马笑容下，他们其实没心没肺，或者说，欧洲已经老到你感觉不到他的心跳了。

因此，千万不要为冲进商店乱买一通的中国人感到丢脸，西餐厅里我们也没必要非得压着嗓子讲话，在没有心的欧洲，今天的中国人就像一百多年前亨利·詹姆斯笔下的美国姑娘，虽然会被欧洲人非议，各种看不起，但是，到最后，垂垂老矣的欧洲会发现，这些在欧洲博物馆里吵吵嚷嚷的中国人，至少都有热烈的心。可能粗糙一点，甚至可能粗俗一点，但是，相比老欧洲，中国不老。

火车从米兰到威尼斯，上来一个特别时髦的意大利小伙，迅速地一人发一张纸，纸上俩儿童照片，看不太懂，我们判断是儿童走失启事，小伙大概是义工。可是一分钟后，这个小伙子挨桌来收钱，说这是他俩孩子，他没工作，等等。袁领导给了钱，但大家都有种受骗的感觉，因为这男人笑得太甜。

这是欧洲，在他们迷人的笑容中，你感觉不到体温。

最好的裁缝

伦敦的同一条街上，住着三个裁缝。一天，一个裁缝在他的橱窗里挂出了一块招牌，上面写着：伦敦最好的裁缝。另一个看到了，在同一天也挂出了一块招牌，上面写：英国最好的裁缝。第三个裁缝看到后，也挂出一块招牌，上面写：本街最好的裁缝。

这虽然是个段子，不过，看到这句"本街最好的裁缝"，多数人会马上想到"萨维尔街"。伦敦的萨维尔街是服装史上的传奇，有点像我们武侠小说里的华山论剑处。不过，萨维尔街能跨界扬名，诗外的功夫大大的，比如，对于间谍迷特工迷来说，萨维尔街就是一个激动人心的场所。

这些年间谍片红火，中国的间谍、特工经常在小书店里交接，《潜伏》中孙红雷常去一家小书店和我党取得单线联系，《北平无战事》中的廖凡也老在书店和铁血救国会秘密接头，反正，无论是共产党还是国民党的地下工作，小书店经常是一个枢纽站。在英国，承担书店任务的是，裁缝店。小书店和裁缝店，在间谍片里都不过是一个乔装的场所，不过，英国的文化推销特别值得我们学习的是，即便在一个虚构的间谍剧中，建功立业的裁缝店总是可以按图索骥，但我们的小书店过眼云烟一样消失在文艺长河里。此消彼长，全球的文艺糕点就这么个总量，英国人的帕丁顿熊进入了玩具店，就会把我们的熊猫挤到角落里。这个感受最近特别深刻，因为接连看了两部英国电影，《帕丁顿熊》和《王牌特工》。

两部电影情节都非常简单。《帕丁顿熊》讲homeless（无家可归）的果酱熊在英国有了自己的名字自己的家，《王牌特工》讲gentleman（绅士）一样的英国特工拯救了全世界。这样的故事，电影史上至少发生过一万次，但是这两部电影的口碑都好到爆，凭什么？凭经营已久的英国质量。这品质，别的不说，我只说一点，英国裁缝的贡献。

来自蛮荒世界的果酱熊，有了一个英国名字以后，像只文明熊了，不过，果酱熊最终变成帕丁顿熊，是它穿上蓝色牛角扣大衣。人靠衣装，千古真理，穿上地道英伦范的牛角扣大衣，帕丁顿熊跟穿上西装的塔伦·埃格顿一样，马上从街头混混变成了科林·费尔斯的精神继承人，成了王的男人，英国的王牌特工。真

120

是很喜欢这点英国调：衣服就是灵魂，裁缝就是灵魂工程师。在这个早就平面化的世界里，让我们都不要玩高深了，咱就看谁被萨维尔裁缝捯饬过！

出没在萨维尔裁缝店里的都是些什么人？是第一代007，是军情六处的剑桥才子，这些男人，从萨维尔街上的裁缝店出来，焕然一新，人模神样，直接把美国情报局的汤姆兄弟变成胸毛男。缔造英国的是他们，守护英国的是他们，他们一个个，穿着萨维尔裁缝手工缝制的西装，在萨维尔裁缝神秘的眼风里，走进三号房间。

试衣室里乾坤大，这里有一整个宇宙荷尔蒙。《五十度灰》的游戏室跟科林·费尔斯的试衣间比起来，就是个儿童泳池。而且，英国人做武器真是有裁有剪，就像科林·费尔斯一样，是女人的男神，也是男人的神男。说白了，科林·费尔斯就是英国武器，要刚有刚，要柔有柔，一屋子的奢华，也是一屋子的杀气，而且，这一屋子的奢华和杀气都由来已久。能挡火箭筒的雨伞半个世纪前是《复仇者》的道具，一样悠久的，还有皮鞋里的刀，其他，钢笔也好，打火机也好，黑框眼镜也好，无一例外都是英国间谍的祖传，这些道具，构成萨维尔裁缝的最终传奇。不知道是不是这个原因，勒卡雷要把他最喜欢的一个特工命名为"裁缝"，而在二〇一一版的《锅匠、裁缝、士兵、间谍》中，扮演风情万种男女通吃的"裁缝"的，也是这个英伦万人迷科林·费尔斯。

科林·费尔斯把《王牌特工》变成了真正的情人节电影，用导演马修·沃恩的话来说，因为男男女女都愿意跟科林·费尔斯啪啪啪。而这部 BUG（漏洞）无数的电影，也就没人在乎它的槽点，只要科林·费尔斯是萨维尔裁缝定制，他的文化形象就能全球再卖它个十年。所以，不会有悬念，续集里，我们一定还会见到科林叔。

让我们从不动声色的科林叔身上学习一点裁缝技巧吧。说到底，"世界最好"不如"本街最好"实在，而文化的传播，本质上，是一个实在活，就像萨维尔街，是在一千部英国电影中积累的名声。

英剧和美剧

开春以来，美剧《纸牌屋》的口碑把今年的奥斯卡电影都给击败了。表面上，这似乎是电视剧对电影的又一次打击，但是，看看《纸牌屋》的编导演阵容，从头两集的导演大卫·芬奇到黄金男主角凯文·史派西，都是奥斯卡典礼上的常客，我们几乎能感到，好莱坞电影人全面出击来抢电视剧的生意了。

这不是好事情。

美版《纸牌屋》多牛逼啊，上海滩钻石男宝爷从来不赞美男性的，但是史派西出演的坏男人弗朗西斯·安德伍德一出场，就让宝爷失声叫出："男人中的法拉利。"史派西是法拉利，但就像法拉利出身欧洲，史派西的表演，包括《纸牌屋》的最好部分，全部来自英国，拷贝的是二十年前的BBC版《纸牌屋》。至于美版自己发挥的那些地方，都因为过于好莱坞化而损害了这部电视剧的水平，而我觉得，这种损害会持续发酵。

就《纸牌屋》来说，BBC 版三季共十二集，后面两季分别叫《玩转国王》和《最后切牌》，此剧多次入选各种最佳英美剧，主演理查森可谓功不可没。电视剧中，理查森不断面对镜头直接对观众倒出自己的一肚子坏水，这种戏剧舞台上常用的手法本来很难用于电视剧，但理查森拿捏得多好，沉稳、大气又无耻，没有几十年的莎剧演出经验，理查森想不出这样的演绎，做不到这样的张弛。相比之下，史派西的独白虽然够华彩，但毕竟有用力过度的痕迹，所谓侧漏。

美版侧漏的地方很多，比如，为了把原来的迷你剧拉长，美版给史派西的老婆加了很多好莱坞式因素：她漂亮，她自己开一家和老公工作有微妙关联的公司，她有一个艺术家情人等等。更让人受不了的情节是，她竟然会为了区区二十万美元去和掉老公的一手好牌，而且，一季末了，她莫名其妙想在更年期到来的时候要个孩子。

真是讨厌好莱坞的这种"伪人性"，为了给女主人公一些"女性意识"和"女人气"，完全不顾一部政治剧的情节走向，而配合着这种陈腐气，定时炸弹一样的女人越来越成为此剧的叙述重点。

BBC 版不是这样的，虽然第一季有美女小记者，第二季有天才小秘书，第三季也有民间小清新，而且三个小女人也都严重甚至致命地威胁到首相的政治生涯，但是会栽在女人手里的政治家还能成为黑色偶像吗？No No No！就凭一句既正式又赤裸的台词，理查森便轻易把她们搞到手，然后，一旦危机出现，理查森又轻易把她们处理掉。第二季是三部曲中比较弱的，但是看到理查森给小秘书安排的死，我非常邪恶地感到痛快。不是我的良心给黑了，而是我实在讨厌美剧这种拿住胡椒粉撒出一桌菜的作风。

因此，尽管英版中女人也不少，但骨子里，你会发现真正决定理查森命运的，还是他的政治能力，他玩纸牌的能力。同样的，能和这种主一起生活几十年的，必须得是麦克白夫人，而不可能是美版那种有自己追求的老婆。还用纸牌做比喻的话，美版的女主最多是红桃 Q，英版的女主才是支撑男主的黑桃皇后，而且，男主人公最后的辉煌归宿，全蒙她一手缔造。

看到第三季结尾，我对英版真心膜拜，因为英剧背后，真的站着莎士比亚；而美版，美版背后有什么呢？用他们自己的权威剧评人史丹利的话说，编剧有时连索尔金的水平都没有。索尔金是好莱坞最炙手可热的金牌编剧，但是，他和莎士比亚之间，差了多少个陆川，用理查森的经典句子来说，我们不予置评。

邦女郎

007 系列五十周年（2012 年）之际推出的《大破天幕杀机》（*Skyfall*），自上映以来，丹尼尔·克雷格扮演的王牌特工不断地被各种媒介评为"五十岁邦德最不像 007"。这个评价主要来自两方面，一是今年的 007 不挺括，二是今年的邦女郎不提神。

二〇〇六年，丹尼尔·克雷格在《皇家赌场》中第一次出演第六代邦德时，其实就改写了邦德的历史。原来那个打架都很优雅的间谍 007 终于成了需要进行肉搏战的特工詹姆斯，而且，从来声色不动的 007 也在新世纪动上了感情。好在，六年前的邦女郎依然有胆有色，六年前的 007 也浑身是劲。

但是《大破天幕杀机》里的邦女郎在哪里呢？做几个引体向上就气喘吁吁的男人还是詹姆斯·邦德吗？看完《大破天幕杀

机》，我也很疑惑，五十年来，邦德的经典配备即便时有落差，但是邦德总是永远的年富力强，邦女郎是永远的金刚芭比。可《大破天幕杀机》里有什么呢？可怜的克雷格和他的前辈太不是一个妈生的了，他没有可以洞悉一切的眼镜，没有可以变成潜水艇的汽车，没有万能的手表，没有救急的降落伞，没有这些也就算了，最可怕的是，我们这个时代的邦德是真的老了，不仅没通过英国特工的体能测试，而且意识不到自己没通过。

邦德没通过体能测试，但是上级 M 夫人还是让他出发了，出发以后也有漂亮女同事帮忙，但女同事很快撤了。后来邦德倒也遇到美丽的黑帮女人，但是这个黑帮女人纯粹打酱油，很科幻地跟邦德洗了个澡以后就被黑帮自己干掉了。所以，网上很多人呻吟：邦女郎在哪里？

《大破天幕杀机》杀到最后，M 夫人死在邦德怀里，迟钝的我才突然醒悟，八十岁的朱迪·丹奇才是最后的唯一的永远的邦女郎。

影片开始，007 在执行任务的时候和敌人扭成一团，最后关头，女同事请示 M，是否开枪？虽然误杀 007 的概率很高，但M 还是命令，开枪。这一枪打中了 007，伤的是身体，流的是眼泪。所以他复原以后回到军情六处，在做词汇联想测试的时候，心理分析师说"M"，邦德马上接了一个"BITCH"。

但是这个"BITCH"绝对是有爱的，M 夫人在邦德幼年失怙的情况下把他带走，他们彼此抵押了母子感情和男女感情（这也解释了为什么邦德对年轻女郎都不能动情），所以想置 M 夫人于死地的伏地魔几乎就是邦德的黑暗面。当女蜂王选择牺牲儿子保全属地的时候，邦德选择了继续忠诚，但他叫她"BITCH"；而伏地魔选择了报仇，一边却深情地叫她"妈妈"。三人之间的哀怨痴缠应该是导演门德斯玩的文艺腔吧，就像听证会上的 M，明知伏地魔就要来取她性命，却要从容地把丁尼生的诗歌背诵——

虽然我们不像从前有力，

也非往昔可以移天动地，

但我们仍然是我们，英雄的心

尽管被时间消磨，被命运削弱，

我们的意志坚强如故，坚持着……

丁尼生的这首诗，戏中可算面临被迫下岗的 M 夫人的自况，戏外，则是半个世纪以来的邦德电影的新宣言。

但我仍有英雄胆，还要继续去远方！口吟丁尼生的 M 夫人，在那一刻，成为《大破天幕杀机》的绝对主人公。她是头号邦女郎，甚至，她就是邦德本身，因为无论是正面的 007，还是反面的伏地魔，都因她而生，都把最深刻的感情维系在她身上。

邦德五十年，门德斯既揭晓了邦德的身世，也揭晓了排名第一的邦女郎，这是什么意思呢？我想，一方面，很简单，这是世界风尚，美女帅哥的组合已经 OUT（落伍）了，还有什么比妈妈 BITCH 和中年邦德更卖萌的搭配？另外一方面，我想，这恐怕是英国的一次电影签名，五十年了，世界人民还知道邦德的出身吗？这些年，英国有过没有被好莱坞插足的电影吗？所以，M、邦德和伏地魔最后回到苏格兰，完全是一次象征性行为。

邦德回家了，邦女郎死了，这会是英国对 007 最后一次的认领吗？

旧书店：来一个睡一个

去年岁末（2011 年 12 月 14 日），莎士比亚书店主人乔治·惠特曼（George Whitman）过世。听说过这个书店很久了，但从来没有去过，便随手拿出《日落之前》（又译《爱在日落黄昏时》）怀想一番，因为这部电影就从莎士比亚书店开场。

《日落之前》是《日出之前》（又译《爱在黎明破晓时》）的续篇，两部电影虽间隔九年，第一部积累的好评却新鲜地保存到第二部，搞得很长一段时间，"日落""日出"成了这两部电影的专指。不过，也许是我看《日出之前》的时候，早过了故事主人公的年龄，对这部电影，没什么化学反应。

美国男孩 Jesse（杰西）和法国女孩 Celine（瑟琳娜）在火车上相遇，一对二十出头的学生轻松擦出火花。萍水相逢的两人，在维也纳共度了一个露天黄昏和夜晚。为了不落俗套，他们分手时没有互留任何联系方式，只约好六个月后在离别的火车站再聚。整部影片就一个动作：聊。两人告别，没得聊了，电影结束，恰是日出之前。

聊是法式文艺电影的传统，最经典的就是侯麦的《慕德家一夜》。年轻的时候，看到这样有气质的电影，只动口不动手，膜拜得五体投地。也是因为这个缘故，觉得文艺电影要比普通电影好，因为前者像君子，后者近小人。不过，等到年纪大些，见识广些，多少也发现，此类"聊"片，就口和手的动作比例来说，恰好跟黄片成反比，所以，文艺青年变成二逼青年，最后又变回普通青年，也就是个阅历和年龄的问题。

从《日出之前》到《日落之前》，Jesse 和 Celine 九年后重逢，因为 Celine 当年无法赴约，两人故事就卡在维也纳的那个清晨，之后各奔前程。Jesse 结婚生子，Celine 也多次恋爱。真实人生切入文艺人生，电影似乎要把文艺青年变回普通青年，不过，我们很快看出，美国导演林克莱特只是虚晃一枪，两人在谈过一番大文艺环保、政治和现实后，马上就避入了小文艺温暖、暧昧又撩人的港口，用本地话说，他们最终的话题还就是：侬讲侬讲，侬为啥摁不牢结婚了！

我知道，Jesse 和 Celine 的小清新恋情被上海话这么一通俗，简直是猪油年糕替换了黑白松露，不过，我不是要在这儿调戏《日出》《日落》，说实在的，《日落》看到最后，Jesse 抛开日落前要飞回美国的航班，在 Celine 的歌声里踢开爱情的大限，令人觉得美国导演真是比法国导演爱观众，奶奶的，九年了，给他们一次机会，谁会反对！

不说《日出》《日落》，我要说的是乔治·惠特曼。

乔治·惠特曼出身美国的中产家庭，少年时代就游历世界，哈佛大学读过书，格陵兰岛服过役，巴拿马墨西哥一路冒险，一九四七年来到巴黎。到巴黎，他过的是典型的波希米亚生活，穿梭文学沙龙，结交各国艺友，和王子午餐，和歌女唱和，写徐志摩兮兮的诗，做海明威兮兮的梦。与此同时，他又始终坚称自己是社会主义者，痛恨资本主义制度。没多久，乔治·惠特曼遇到劳伦斯·费林盖蒂。

书业史上，他们俩的这次会面至关重要，因为其结果是，费林盖蒂在旧金山创立了著名的"城市之光"书店，惠特曼在巴黎开了 Le Mistral 书店。一九六四年，惠特曼征得已经歇业的莎士比亚书店店主的同意，在莎士比亚四百冥诞的时候，将 Le Mistral 更名为二十世纪二三十年代就声名赫赫的莎士比亚书店。同时，惠特曼也继承了莎士比亚书店的一些传统，比如，书店即沙龙。当然，惠特曼很快就把沙龙概念扩大了：书店即旅店，有文学前途的顾客就有免费住店资格。后来，惠特曼的书店成为巴黎一景，成为全球青年的朝圣之地，"旅店"的意味其实是强过了"书店"。

据《时光如此轻柔：爱上莎士比亚书店的理由》的作者杰里

米·莫塞尔（Jeremy Mercer）介绍，惠特曼的书店更名为莎士比亚后，书店持续扩张，"到最后整栋三层楼建筑都属于书店所有"，而惠特曼的"战友"费林盖蒂更称之为"一只巨型文艺章鱼"。章鱼每扩张一次，乔治就增加一次床位，很快，莎士比亚书店就以"奇怪的可供免费过夜的书店"驰名全球。莫塞尔由此在这本书店传记中，豪情万丈地写下："来一个睡一个，来一千个睡一千个。"

事实上，从二十世纪五十年代到今天，一家小书店能历经风浪经营到今天，惠特曼的商业才能绝对是可以的，业内也有不少人议论惠特曼其实是用文艺腔掩盖了商人腔。关于这个，老惠特曼的理论是，在他所期待的革命到来之前，他被迫住在一个资本主义社会里，因此只好以最不伤大雅的方式来参与其经济，而在所有的经济形式中，"卖书不会伤害任何人！"

我不清楚这个调门是否过高，只是觉得惠特曼的社会主义理论和实践之间，有些噱头既像革命又似小资。老乔治跟店内女文青的罗曼史且不说，老头在住店男文青中间制造的那些小哀怨，也不是八卦可以概括的。莫塞尔的经历就是一个例子。

二〇〇〇年，加拿大记者莫塞尔为了逃避在家乡的一次人身威胁，仓皇地飞到巴黎。穷途末路中，他来到老惠特曼跟前，结结巴巴要求一个床位，惠特曼同意了，让他睡楼下。与此同时呢，老头派给他一个任务，让莫塞尔用最圆滑的方式请一个住店已经五年多的潦倒诗人赛门离开。老头很狡黠，说，赛门走后，莫塞尔就可以享用赛门占据的独立房间，也即书店收藏室。

莫塞尔住了下来，虽然没有赶走赛门，但是赢得了老头的好感，他在店里的地位也与日俱升，慢慢成了老头的头号助理，拿到了店钥匙，还时不时地受邀和老头共进晚餐，当然，老头吃的，都是最便宜的东西。莫塞尔得了意，就有人失意，原来的头号助理艾斯特班黯然离开。当然，这样的命运，转几个回合，也会轮到莫塞尔，老乔治用这种方式既盘活人际关系，又确立自己的书店权威。

反正呢，政治理念上，惠特曼的确实践了"一间以书店做伪装的社会主义理想国"。夏天的时候，书店每天收留的文艺青年会有二十个，而且，这些人中间，常常不乏顺手牵羊之徒，惠特曼叹息的也不过是："最可悲的，就是多数的窃书贼并不阅读他们偷来的书！"但很显然，莎士比亚书店如果只是一个理想国，那书店早就倒闭了。老惠特曼的经济头脑这里不说，老头的感情能力那是一流。惠特曼通过和住店文青制造不同的感情级别，成功地在这个理想国里创造了阶级，创造了竞争，此外，乔治还亲自实践，创造了偷窥机制和告密机制。

说到偷窥机制和告密机制好像很龌龊，但发生在莎士比亚书店里的事情又与众不同。比如，莫塞尔住进店里后，发现丢东西现象一直有，终于有一天，他下定决心对书店进行了搜查，然后在老头的办公室里，"找到了一个月前遗失的两件衬衫、几封写给莎士比亚书店住客的信，还有两本以前女住客遗失的日记"。

面对铁证，老头一副"你能拿我怎么样"的态度：衬衫和信？我不明白怎么会在我办公室；至于日记，日记，哎呀，"这些是我最喜爱的读本！"

老头的无耻里有天真，老头的精明中有诗情，二三十岁的小年轻，遇到这样活了几乎一个世纪的滑头兼诗人，还能怎么办呢？二十岁的德国姑娘伊芙在书店当店员，就认为自己爱上了八十六岁的乔治。乔治七十岁结了第一次婚，但基本上一直是单身汉，因为他一辈子住在书店里。每一次恋爱都是初恋，八十六岁的恋情让老头春意盎然，他写诗歌，换衣服，送戒指，准备和年轻貌美的伊芙相守余生。当然，这场恋爱和他过往岁月的那些爱情一样无疾而终，可伊芙离开后，他生了好几天的病。终于，他承认自己老了。

也许这是乔治第一次承认自己老了，他开始考虑身后事，并且在莫塞尔的帮助下，找回已经在伦敦长大成人的女儿，把书店交托给她。《时光如此轻柔》中，莫塞尔把父女的相认描绘得有点好莱坞，而且最终，老惠特曼从一个标杆浪子变回心满意足的父亲，右手挥别一个世纪的波希米亚生活，左手放下一辈子的社会主义理想，和巴尔扎克、王尔德葬在了一个墓园里。这最后的结尾，近似《日落之前》，Celine 谈的非洲欧洲，谈的贫富不均，最后都成了小资的前戏。

不过，这样给乔治·惠特曼下结论，有点无趣。莫塞尔在《时光如此轻柔》中，也反复写到老头在个人生活中的吝啬鬼节

俭和在书店管理上的无章法浪费，以及对住店文青时而严厉时而
慷慨的表现。乔治本人总希望把一块钱发挥到无限大的用处，面
包不怕变质，芝士不怕发霉，腌黄瓜的汁水，用来做汤，汤里的
蟑螂腿，那是赠品。但与此同时，老头又把钱随便乱放，有一
次，莫塞尔在店里找到一千多元钱，老头随手就给了他。这方
面，乔治的理论是："金钱是奴役人们的最大祸首。只要降低对
它的依赖，就可以脱离这世界的桎梏。"可是，很显然，对于老
头身上多重的矛盾甚至分裂的性格，莫塞尔无力深入，所以，有
时他说，"乔治当了一辈子的共产党员，拥有非常精明的生意头
脑"，有时又说，乔治就是奉行"竭力奉献，取之当取"，说他如
果能力够，"愿意把所有的书免费送人"。

加拿大记者莫塞尔毕竟不是加拿大医生白求恩，乔治的波希
米亚作风，包括他潜在的资本家脾性，在《时光如此轻柔》中被
表现得很充分，但乔治的中国情结和社会主义理想，在书中却沦
为美妙的花絮。比如，莫塞尔写道，乔治"对于中国的一切情有
独钟。他父亲在中国担任访问教授的那段期间是他儿时最快乐的
时光；成年后，他又搭货轮造访这个国家几次。后来，他成为
毛泽东政权的忠心支持者，现在乔治还会对大家宣扬上海将是
未来的城市。一九六〇年代，甚至还有一批中国政府官员意外
造访书店。他们知道乔治的共产主义倾向，想邀请他到北京开
一家分店"。

乔治一辈子的政治信仰遇到未来可能性的时候，被莫塞尔一

136

句话过场：老乔治说，"我走不开，这里太忙了"。

啾，如果莫塞尔对乔治多一点了解，我想他真应该认真地问问乔治，既然那么热爱毛泽东那么信仰社会主义，那么痛恨资本主义那么反对帝国，而且，老乔治既无家累，又无牵挂，机会来了，为什么不去试一下自己的梦？乔治到底怕的是什么？难道，社会主义对于惠特曼，终究是一场意淫？

这个一直假冒是美国伟大诗人惠特曼私生子的店主惠特曼，活了整整一个世纪，跑遍全世界，半个世纪的莎士比亚书店留宿过五万个漂泊的文艺青年，而且绝大多数的文艺青年在惠特曼这里留了一份自述传，这些，当然是让莎士比亚书店和乔治·惠特曼进入历史的主要材料。不过，今天重新来看老乔治的一生，尤其是在资本主义和社会主义都遭遇危机的今天，他本人的经历更像个意味深长的个案：一个拥有社会主义理想的资本主义世界之子，试图创造的社会主义理想国最后怎么成了全球小资的朝圣地？

莎士比亚书店也好，老乔治本人也好，他们原本的社会主义色彩其实早被 Bobo 化。当年，美国中情局和法国当局联手对书店的压制，如今也成了谈资，"时光如此轻柔"，作为一个书店传记的名字，显然已经消化了它的"革命史"。可是，在这本抒情传记的角角落落，我却看到了一个不快乐的老头，一个被希望打败了的惠特曼。

《日落之前》中的莎士比亚书店很美好，但事实是，它又脏又乱，各种毛发、臭虫、老鼠、蟑螂，对卫生有正常要求的人一般很难忍受，而且乔治又过分节俭，一张微波炉用的锡纸他会反复用到纸碎裂。书店失火，垃圾清理，住店青年跑去买了包超大号的垃圾袋，老头劈头就骂过来：浪费！当然，老头自己恋爱的时候，穿的也是二手西装。因此，书店和老头的现实是：罗曼蒂克是名声，藏污纳垢是实况。而且，跑到书店来住的人，连惠特曼自己也发现，二十世纪五六十年代的住客和今天的住客"唯一最大的不同"，"就是他们的家庭状况，以前离婚的不多，现在似乎每一个人都来自破碎的家庭"。换句话说，以前来到莎士比亚书店的人，有理想有力气，现在呢，则是疗伤是逃避。所以，内心深处，乔治一定很早就对现状对自己失了望，而对现在的住客，老头与其说是宽容，不如说是看不上。那么，我们是不是可以猜测，正是这种无法阻挡的绝望感和无聊感，造成了老乔治的坏脾气和变态节俭？

《李尔王》中，盼着女儿复活的希望摧毁了李尔；莎士比亚书店里，对未来的希望也摧毁了乔治·惠特曼，甚至，关于中国官员曾经邀请他到北京开书店这则已经无人证实的消息，今天听听，也有些像惠特曼的臆想了。一直在等待革命的老乔治，终于成了他自己最喜欢著作的主人公——《白痴》中的梅什金公爵，"在这个世界上跌跌撞撞地追求梦想"，最后，却脱离了现实。

莎士比亚书店已经成了资本主义世界的一道风景，包括惠特曼自己也加入了对这道风景的宣传，他很喜欢媒体提到书店，喜欢书店成为青年人的朝圣之地。《时光如此轻柔》的结尾，惠特曼对莫塞尔说："我看着对岸的巴黎圣母院，有时会把这家书店想成是这座教堂的一部分，专门收容那些不适应外面世界的人。"

从社会主义理想国变成巴黎圣母院，莎士比亚书店和乔治本人最后皈依了西方世界的传统，这样的结局，年轻时候的乔治想到过吗？

达西告别伊丽莎白

一九九五年的《傲慢与偏见》。一九九五年的科林·费尔斯和詹妮弗·厄尔。

十六年过去，大学时候住我上铺的姑娘从英国打电话过来，语气哽咽。我一惊，当年她祖母过世的时候，她就这样说不出话。可是，等了一分钟，原来是科林·费尔斯得了奥斯卡奖。

奥斯卡！我很生气：为奥斯卡，你都四十了！她缓过来，说，不是因为奥斯卡，是因为科林·费尔斯和詹妮弗·厄尔。

好吧。科林·费尔斯。以前她的花痴梦就是：英国，伦敦郊区，散步的时候，迎面走来达西。可惜，伦敦十年，半个达西没遇到不说，连坏蛋韦翰都没碰到一个。岁月流逝，现在她明白，《傲慢与偏见》中，夏绿蒂嫁给科林斯，是真人生。

既然参透浪漫，怎么还为科林·费尔斯动感情？我问她。一声叹息，她叫我去看《国王的演讲》。

年轻的时候，听到爱德华八世的故事，不爱江山爱美人，真是觉得酷毙了。《国王的演讲》的第一道工序，却是在颠覆这个神话。爱德华八世是一个负不起国王责任的花花公子，辛普森夫人是一个长相古怪的美国女人，尤其最后，广播里传来乔治六世几乎完美的圣诞演说，所有的英国人都被深深感动，但是温莎公爵夫妇的银幕表达，几乎就是狗男女，且几乎是有点战败纳粹嘴脸的狗男女。因此，虽然电影的主体是关于自卑的乔治六世如何克服严重的口吃的故事，我还是认为，这个电影引起世界范围的热爱，包括一夜拿走四个小金人，恰是因为，我们这个时代，不再需要温莎公爵的故事。

相反，责任——国王的责任，承担——就算承担不了也要承担，使这部影片脱离了励志剧的庸俗框架，成为一部具有历史隐喻的真正大片。星空黯淡的年代，让我们从头呼喊，国王，你准备好了吗？

十三年前，也是奥斯卡最佳影片的《泰坦尼克号》进入中国，加上中央领导的热心举荐，该片吸金无数之外，更把好莱坞爱情观牢牢植入年轻人的世界观。所以，作为初级阶段的拨乱反正，《国王的演讲》倒可以用包场的方式让干部同志们看看：瞧，承担责任，才是新的时尚。这里插一句，给干部看，千万不能用香港的译名——《皇上无话儿》，这样的名字，实在太下流了，而且，也很不准确。

不过，就像我们永远不能对电影完全放心一样，我们得看到，虽然《国王的演讲》明确地蔑视情欲，明确地反对江山美人，但是，乔治六世本人其实是被大大浪漫化了，再加上，科林·费尔斯的表演，很可能，凭着奥斯卡的大喇叭，接下来会有一批国王一帮老臣登上银幕。这个时候，我们必须把眼睛瞪大，说到底，我们并不需要乔治六世被平反的故事，我们也不需要乔治六世的光荣事迹，对于普罗大众，一场"国王的演讲"就已足够。这个，其实也是这部影片成功的秘诀。

一九九五年的达西先生变成了国王，历史上怯懦的领袖被科林·费尔斯演绎得气场十足。可是慢着，我上铺的朋友为什么哽咽，那个，那个出现在同一个镜头里，口吃治疗师的平民妻子是谁？詹妮弗·厄尔，当年让达西神魂颠倒的伊丽莎白。

伊丽莎白老了，达西没老，甚至，一九九五年那个丑态百出的科林斯也洗掉了一身腐气，这是《傲慢与偏见》的续集吗？达西国王甚至都没有正眼看一下平民伊丽莎白。所以，作为电影中的电影，《国王的演讲》实在令人唏嘘。

不过，最后，让我们还用这部影片的中心思想来提升一下自己的小资情调吧：为了国家，达西告别伊丽莎白，这是必要的。对于达西，这是国王的责任；对于伊丽莎白，这是平民的付出。

如果你们需要分开睡

接连看了新版福尔摩斯和新版勒卡雷，感觉英国电影和电视剧的地平线要比美国奇崛。比如说，同样是感情戏，英国影视剧不屑异性恋，第一神探也好，英国圆场也罢，大家玩的都是同性恋。当然，基情四射也算世界潮流，英国人潮的地方是，伦敦的同性恋环境好到异性恋自卑。

福尔摩斯带着刚刚认识的华生去贝克街，让华生看看是否愿意共租221B。房东太太热情迎上来，体贴道："如果你们需要分开睡，楼上还有一间卧室。"然后，福尔摩斯带着华生去小餐厅，老板上来就问福尔摩斯："给你对象来点什么？"华生解释说，我不是他的对象！可过了一会，老板又说："我给你们拿点蜡烛来增进气氛！"华生只好又解释一遍，可是，一来二去，连观众都恨不得劝华生：哎呀，你就从了福尔摩斯吧！

从了福尔摩斯吧，他英俊、万能又天才，会挣大笔钱，会拉小提琴，对于自己也不知道自己要什么的华生一族，还有比福尔摩斯更好的人生伴侣吗？而且，更重要的是，虽然全世界最神秘最聪明的女人男人都想挑逗福尔摩斯，但他就没动过心。看《神探夏洛克》，从第一季到第二季，故事什么的，当然是原著好看，但是，新版福尔摩斯和华生的关系，走过一百多年的岁月风霜，终于走出了自己的路，又欢乐又傲娇，这样的乐趣真是让异性恋失落啊。

这样，全英国最高智商的人集中在圆场，惺惺惜惺惺，只能爱同性。新版的《锅匠、裁缝、士兵、间谍》，让BBC版的达西来演比尔·海顿（Bill Haydon），不能更好了。这部电影，说实在的，没看过原著，根本看不懂，只看过一遍原著的，也是云里雾里，如此，就全看演员了。

一般情况，在好莱坞，再艺术的谍战片，十五分钟之后，观众也就入戏了，但是英国人不管，一百一十五分钟以后，观众还是一片迷茫，而能把观众留在位置上的，全靠达西、福尔摩斯这些演员在情报局进进出出了。《锅匠、裁缝、士兵、间谍》中，从头头史迈利到喽啰保管员，都比好莱坞大牌更耐看，因此，谍战迷失望的时候，英国电影的粉丝会有惊喜，奶奶，圣诞晚会，海顿看普里多（Prideaux）那一眼，普里多又回看海顿那一眼，要是让简·奥斯汀看到，也会觉得，达西跟伊丽莎白的化学反应，远远不够啊！

《锅匠、裁缝、士兵、间谍》最后，普里多朝背叛了自己和背叛了组织的海顿举起枪。噘，这是多么伤心的一枪！达西倒下来，一地落叶中，两个手掌朝上，那终于放手的美和天真，也改变了谍战的定义。

假期在家，想看点开心的，千万别选择《锅匠、裁缝、士兵、间谍》。首先，没看过小说你基本看不懂；其次呢，如果看懂了，更伤心。选择《神探夏洛克》吧，不过两季的第二集都不好看，尤其是其中的中国部分，还是二十世纪五十年代的水平，这方面，英国影视剧和美国影视剧倒是一个德性。

图书在版编目（CIP）数据

你记不得了吗，你回忆一下/毛尖著 . -- 北京：
中国人民大学出版社，2021.7
（明德书系．文学行走）
ISBN 978-7-300-29551-0

Ⅰ.①你… Ⅱ.①毛… Ⅲ.①随笔-作品集-中国-
当代 Ⅳ.①I267.1

中国版本图书馆 CIP 数据核字（2021）第 122820 号

明德书系·文学行走
你记不得了吗，你回忆一下
毛 尖 著
Ni Jibudele ma, Ni Huiyi Yixia

出版发行	中国人民大学出版社	
社　　址	北京中关村大街 31 号	**邮政编码**　100080
电　　话	010 - 62511242（总编室）	010 - 62511770（质管部）
	010 - 82501766（邮购部）	010 - 62514148（门市部）
	010 - 62515195（发行公司）	010 - 62515275（盗版举报）
网　　址	http://www.crup.com.cn	
经　　销	新华书店	
印　　刷	涿州市星河印刷有限公司	
规　　格	148 mm×210 mm　32 开本	**版　次**　2021 年 7 月第 1 版
印　　张	4.875 插页 3	**印　次**　2021 年 7 月第 1 次印刷
字　　数	90 000	**定　价**　45.00 元